伏园游记

孙伏园 著

中国文史出版社

图书在版编目（CIP）数据

伏园游记 / 孙伏园著. -- 北京：中国文史出版社，2020.9

（名家游记）

ISBN 978-7-5205-2215-1

Ⅰ.①伏… Ⅱ.①孙… Ⅲ.①游记-作品集-中国-现代 Ⅳ.①I266.4

中国版本图书馆 CIP 数据核字（2020）第 163080 号

责任编辑：李军政

出版发行：**中国文史出版社**
社　　址：北京市海淀区西八里庄路 69 号　　邮编：100142
电　　话：010-81136606　81136602　81136603　81136605(发行部)
传　　真：010-81136655
印　　装：北京新华印刷有限公司
经　　销：全国新华书店
开　　本：720×1020　1/16
印　　张：10.75
字　　数：102 千字
版　　次：2021 年 1 月北京第 1 版
印　　次：2021 年 1 月第 1 次印刷
定　　价：38.00 元

自序

如果不是李小峰先生替我收集起来，这几篇游记连我自己也许不会再看的了。第一篇登在一九二〇年的晨报第七版，那时第七版还不曾独立成为副刊哩。第二篇一九二二年，第三篇一九二四年，第四篇一九二五年，前两篇登在晨报副刊上，后一篇登在京报副刊上。那几种刊物都是我自己担任编辑的，信手写来，信手发去，原不想再看第二回，谁曾料到小峰先生有这样的好意呢。好意当然可感，而这几篇游记委实不行。一旦印出书来，只能证明我的浅薄不自今日为然。此后，也许会有比较整段的工夫，可以静默的观察，可以细微的研究，并且希望游历的时间与空间愈加扩大，那么，记叙的文字或者也可因而略工吧。

伏园

一九二六年五月，在上海

目录

南行杂记

一　到家了

九月六日的傍晚，我坐在飞也似的京奉车中，向着正阳门疾驰而来，心中不期然而然的得到一个感觉，是“到家了。”这是从前杜威先生一家由福建演讲回来时，三个人不约而同的感到过的。但我相信我并不受他们一毫影响。

北京有什么值得令人牵记？这个问题用理性解剖起来，我实在也没有话说。不过我一看见这四十天没有看见的北京，总觉得比初到绍兴时看见四年来没有看见的母亲还要亲昵，那么“到家了”这个感想，不发生在绍兴轮船将到西郭门的时候，却发生在京奉火车将到正阳门的时候，似乎也同出一源的了。

我在正阳门一下车来，看见样样东西都是我所愿意看见的，即如拉车的兜客，似乎也比绍兴的“少爷！坐得我个（的）车则（子）起（去）者唧（了吧）！”好听得多多。这个理由连一句话也讲不出，若要勉强说起来，或者可以举一个象征。北京是一株极大的枯树，下面长出一支嫩绿的新芽；而我此次经过的各处，绍兴自然更甚，却全是一蓬乱草，要整理也无从下手。或者因这一点不同，我便发生“到家了”的感想。

我是不承认生长的地方为家，也不承认久居的地方为家的。所以我觉得这次的旅行不可以称南归。我的回去是母亲重病把我叫去的，迨回京时，我母亲的病还没有全好，所以旅行时总提心吊胆，觉得背上负着一担重担，与平常没有其他目的的纯粹旅行不同，所以我又以为这次的旅行不可以称南游。自己既有其他目的，那么一切路上的观察的感想，难免受这个目的的影响，这是我自己也知道的，但因为保存他的本色，有许多地方索性照着感想时录出，并没有修改，因此，文中侧重感情的话或者更多了。

我不出京门一步既四年了，所以满想借此旅行找点材料，但后来，坐在京奉车上，经验便告诉我一切都未必成功。原来旅行之所以可贵，全仗有健全的身体、健全的精神，尤当有客观的态度。像我这一次的样子，这三个条件连一个也没有具备，所以自己也觉得完全给这许多材料战败了。酒量窄的人，容易酒醉；久饿的人，据说又容易饭醉；现在知道能力薄弱的人，一旦感受知识太多了，还会患一种知识醉。我实在受不起这么多的知识，所以被知识醺醉了。我醉中时时想念着大社会学者、大人类学者和大诗人了。他们有那么大的学问，因为就近找不出材料，所以要跑到非洲去；我们呢，有了这许多材料，却没有力量享用。

追感到“到家了”这个感想以后，又想从醉中追找一点可找的材料，把他记录下来，总算不虚此一行，这结果就是下面几篇小东西。

二 战氛

仲密先生写信给我，每每谈起山寺中的战氛，使我发生一种感想，以为不但山寺，凡属人类足迹所至的地方——甚而至于凡有生物的地方——大概没有不弥漫着战氛的吧。不过我不是诗人，因而我对于战氛的见解也不与诗人一样。我以为战氛弥漫着太空，并不是悲惨的事情；好战原是生物的本性，也是生物所以能进化的唯一原因。战氛尽弥漫着好了——只要不残杀同类。

生物中同类自相残杀的很少，最厉害的莫如人了。我们做人类一分子的，应该用力消除这同类相残的战氛，并且为生物本有的好战性质找一个相当的对象。我以为这对象便是自然。

诗人爱“自然”，我不爱“自然”。我以为人与人应该相爱，人对于“自然”却是越严厉越好，越残酷越好。我们应该羡慕“自然”，嫉妒“自然”，把“自然”捉来，一刀刀的切成片段，为我们利用。

爱“自然”的朋友们：“自然”不是好爱的呵。这回淮水南北的人们，可谓饱享了自然之赐了，几千几万的兄弟，哪怕你不愿意的，也硬要你“与自然同化”了。这是爱恤“自然”的报酬。人不杀“自然”，“自然”便要杀人了，你知道吗？

我用这个根本观念做标准，去观察评判这次经过各地的种种感受。这标准就是：人与人的战氛几等于零，而人与自然的战氛却达于最高度的，这是好的；反是，人与自然的战氛几等于零，而人与人的战氛几达于极高度的，便是坏的。

例如，江北的人们，只知拔几根“自然的汗毛”来盖屋，对于自然可谓爱护极了。但是，据龚宝贤君对我说，这种草舍到第二年拆卸下来，腐草中尽是三寸来长的软虫，就此一端已经够可怕了。倘使你狠起心肠，去剥下“自然”的皮来盖屋，三寸来长的软虫就不会光降了。“自然”还该爱护吗？

这是江北人对于“自然”的和平态度；战氛之薄，可谓几等于零了。但是，他们人人相互间的待遇又怎样呢？我离开浦镇的前一天晚上，一个惨痛的消息飞来了。

工厂里工头要荐一个私人入厂，厂中却正没有位置。他一看只有扬州老五是个孤帮，还可以使点手段。但是，当这江北一带生计困迫的局面，要找工作何等为难，讽他辞退是绝对没有希望的了。他于是妙想天开，对厂中同道伙计四五人都暗地说好了，一待老五下工时候，有意同他寻衅，不问皂白，先把他打个半死不活，然后钻出和事人来，给他抬到医院。

伙计们遵命办了。到医院时，他们问他：

“你辞工吗？要辞工，我们可以给你代辞的。”

“不辞！一辞没有饭吃了，女人、小孩子都要饿死了。”

“你自己性命都要没有了，还要管女人、小孩子！”

“我不辞！我要问工头……”

伙计们一看没有话可以同他讲，大家都溜走了，一面且将私人叫来在厂中先行工作。数天以后，老五的伤痕渐渐好了，走出医院来想与工头理论前事。工头老实对他说，“你难道吃了这个教训还不够，一定要把两颗泪珠断送的吗？”

老五记起两月前一个工人被挖去眼珠的事，便只得忍着气懒懒的走出。一切都完了。

这是他们人与人的相待！

凡是放弃“自然”不肯去杀戮的人，他的好杀的天性一定要找到同类的人来发泄。同类相杀的人恐怕一辈子只配住草屋的，因为他们把爱人类的爱情误爱了“自然”，对于“自然”连掘一点黄泥来烧瓦的残忍心都没有了。

天下唯至弱的人才杀人，好汉应该杀自然！

三　大水

津浦路的固镇、新桥、曹老集、蚌埠、门台子、临淮关、板桥、明光等各站附近的一带，今年闹出了一场极大的笑话，无论如何不可不记的。这就是淮河的汛溢。

我在北京是七月三十日下午动身的，八月一日经过江苏、安徽境内，就看见有大水的痕迹：稻穗已经成熟了，只待人早晚便可收获，水却把他淹没了半茎；低的地方，连成熟不成熟也看不出来，只露着几片青叶，表示这水下面原来也是稻田。房屋、树木、电杆，这时候都变成我的测水深浅的器具。啊！这边二尺，那边三尺，那里还有几乎半电杆的呢。可是，这些东西谁也不来管领，只是懒洋洋让他摊着。

这是我南行时的景象，是长江大水的遗痕。迨我回来，可就大不相同了。八月十六日我在绍兴动身，经杭州而到上海。十八日离上海，而十九日上海便大遭飓风之灾了。从此风呀，雨呀，长江的大水呀，把我紧紧的困在浦镇者共十三日。长江沿岸雨量本多，益以八九月正是雨季，我在浦镇十三天，足迹不能下楼梯一步，简直可说是悄悄的伴了十三天的风雨。本地人不论男妇老幼，谁也卷起裤腿，在水深二尺的街道上徒涉。

我初得津浦车被淮水冲断的消息，便跑去问车站几时可以修好，他说照例一天修好的也有，三四天修好的也有。待一等十三天而没有开车，我似乎心中起了一种感触，以为就算天下至愚的人，也没有候车十三天而不想改走他道的。我于是打定主意，无论天晴天雨，一定在九月二日动身。路呢？到北京的本有三条。从朋友的劝告，京汉路防受战事影响，北洋轮船防有大风，最安全的莫如仍走津浦路。九月二日早上，我的理想中的虽断犹连的津浦路旅行便开始了。津浦车南段只能到临淮关，北段只能到固镇，这是我所知道的。中间冲坏的一段，我知道他的轨道还在，即使步行也要走到固镇。

临淮关将到了。呵，车旁两面，白茫茫的，是大海吗？那我们坐的是轮船了，又何以走的这么慢呢？这时候，我一生的经历样样都想出来了，当中忽然引起了我一个记忆，仿佛这种情形已经是经过一回了的。呵，这原是那年冬季旅行时京汉道上的大雪。一片无风浪的水面上边映着满天的白云，这景象与大雪是可谓毫无两样了。

临淮车站四旁，除了少数高地及铁路轨道以外，尽是一片汪洋。站长的老太太对我说，这一块是从前的豆田，现在化为大海了，那一块是去年的高粱地，收成很好，现在也化成大海了。我一到临淮，本想即刻雇民船上蚌埠的。站长说，“这里到蚌埠，相隔仅两个小站，铁路一二十分钟可达。民船非不可雇，不过极危险。遇逆风时，竟能慢至六七点钟，代价至少也要八元或十元。好在津浦路后天能通了，你不如暂住临淮两日。但是，我知道临淮几个客栈都住满了。地下房不必说，早已是半屋的水；楼房能租人的，每晚至少十元一榻，但已经没有隙地；就近的医院，也已住得很拥挤。”他硬留我在他车站暂住，我也只得住下了。

总工程师拍来电报，九月四日可以通车，不过乘客到门台子须步行一段，约计半里，行李则叫浦口事务所派三四十人到地搬运。北行车开到门台子，由北段派空车来接，南行车则叫南段也照样办理。这是初二、三的消息。初四早晨，消息又变了。乘客不必下车，门台子危险的一段轨道，上面放着空车数十辆，北行车开到门台子，与空车相接，北来的空车也与轨道上的空车相接，乘客行李等等，只须全在空车中行走，这样便省事多了。但一到下午，方针又变，车到门台子，将车头移到车尾，慢慢的把列车向前推去，推过危险地点，再由北段预备的一个车头把列车接去。如此车头斤量较重，可不经过危险地点，而乘客与行李，均可不费搬运的麻烦了。

门台子到了，一切都照计划实行。轨道两旁的大水，自然比临淮更甚。水深浪大，助之以风。轨道震动，上及车身。道旁为风浪冲坏之处，全用车站附近的石墙拆来填补。车行之慢，几乎不及人的步行。乘客都懔懔然，甚至不敢出声。如此四五十分钟，难关度过，这才到了蚌埠。蚌埠以北，本来是第一次冲坏的，现在早已修复，没有什么危险了。

如此一场大水，我所以当他一个大笑话看，不用说，因为这完全是由人自己招来的。我们只要看成灾以后，那班人的态度，便可知道他们对于生命的不以为意了。安徽实业厅派了一个人到各属来调查实业。据他说，他路经临淮时候，见有一所大屋，顶上站着七八人，水离屋顶仅三四尺了。他对他们说：

“我船中只有一主一仆，空着呢，你们可以到我们船中来。”

“不要下来，站在这里不打紧的。”

“为什么不要下来？”

“屋内都是家具，水退了恐被别人拿去。”

“水还要涨呢。性命都快不保，怎么还管家具?”

“不！已经问过神明，水快要退了。”

两天以后，船再经过这个地方，屋子也没有了，人也不知去向了。淮水下流，五六个七八个用汗巾或裤带绑着的死尸，是常常看见浮过的。他们说，这是因为一家人宁愿死在一起，不愿离散。那屋顶上的七八位，料想后来也变作七八只蛤蟆模样的一串，浮出淮水漂到东海去了。

这是他们对于生命的见解。

除了这些人以外，那向着自然挣扎，正如大水中的草木的，自然也还有不少——或在船中生活着，或在高地上搭起草舍来生活着；那挣扎不过的，便和挣扎不过的草木一样，俯首往死亡的路里走了。

遇见天灾，人也会和草木一样的挣扎，我看了觉得有生之物对于生命都具同样的热诚。但我所不满意的，人之所以异于草木鸟兽，是在他对于自然，除肉体以外，还能用精神挣扎；除自己以外，还能为他人挣扎。大水来了，大家各自逃命，非但同种族同乡村的人可以掉头不顾，就是父母兄弟妻子也可以顷刻离散，挣扎能否得到美满的结果，看各人挣扎的力量，这与草木鸟兽有什么区别。

我希望受灾的人们，从此得到教训，顶好先同心合力的设法防堵。天灾没有不可以用人力预防的。我试问：自以为有一点儿文明的人所居的地方，是不是应该让河流永久无边的？地球上没有人类的时候，水自然放胆流着好了。但人有人的能力，能把河流引入一条规定的道路，使他不向外面泛滥。现在中国的大河，其流法还是甚古，水势大时江面也加大，小时江面也减小，这种样子，如何能保得住沿江居住者的安全呢？我希望大家赶紧拿出自己的精神来，在未成灾时尽力预防；还拿出对于他人的同情来，在成灾以后尽力救济。倘不管这些，只知大难来时各自逃命，那么，天灾将未有已时，而人类将永为自然的俘虏了。

四　津浦车中一个女孩子

南行的津浦车上，我的座位的近邻，坐着一对男女，从他们的举动推断起来确是夫妇，但年纪的相差似乎太甚了。男的和我谈话，一问而知为天津的商人，挈眷回广东去的；那女的不过二十岁上下，穿着粉红色的衣服、粉蓝色的裤子，不系裙，并且脱下男人式的皮鞋，把两脚搁在对面凳上，似乎显出十分广东人的神色。远远的相隔两三比座椅，还坐着一个十一二岁模样的女孩子，戚戚的面色，看着那一对男女，似外人，又似自家人。是外人吗？仿佛中间有一条无形的线牵着；是自家人吗？却又比外人还着实恐惧，而恐惧中又含着几分憎恶。两夫妇吃面包了，那男的也客客气气地递给我一个，我婉辞了，然后，他转去凶狠狠地递给那女孩子一个。我看出他这凶狠狠地神色，只是装给他的女人看，我遂明白这三个人的关系是怎样了。

晚上九十点钟时分，女孩子早已毫无挂牵的，安然的独据一个椅子睡了，这时候两夫妇也全不理会。那男人的勇气，虽然也能跳下车去买点零星食物来供两夫妇共吃，但要抛开了这妇人，或说妥了这妇人，分出一点工夫来去爱那本性要爱的孩子，据我看来，却是梦想不到的事。他虽然也间或偷眼去望那孩子是否招冷，但也并不拿点东西给伊去盖，一直懒懒地在“父性的爱”与“夫性的爱”的歧路上睡到天明。

次日午间，车将到浦口了，各人都整理自己的身面。这小孩子也受着男人的命令，叫伊自己梳过发辫。伊轻轻地走到他们身边，用着大力从椅子下面拖出一只笨重的皮箱来，从箱内取出梳子和刷子，悄悄地自己梳刷，一直到自己打好发辫，将梳子和刷子再向皮箱中藏好。这时候男人固然不惯这种梳沐的事，只能在旁呆看，那女的也不但毫不援手，反用恶眼斜看伊，冷脸嗤笑伊。同车的许多旁人呢，谈天的也静止了，瞌睡的也惺忪了，只是睁大了眼睛，陡起了精神，注视这三个人的一角。我从他们眼光里，看出他们的脑子也不绝的在那里工作；我痴痴的想，要是此刻没有机轮转动的声音，我们一定能够听出各人思想转动的声音了。

这女人极寡言笑，即不是对于孩子，他永远板着面孔。伊的丈夫因为他们的茶壶里没有茶了，拿着杯子到我这边来倒了两杯，一杯他自己喝，一杯给他的妻子。伊喝时显出一种神气，不是感谢丈夫给伊倒茶，也不是对于给他们茶者有所表示，却依旧板着面孔，带点愤恨的样子，仿佛说，为什么我们自己没茶，却要去喝人家的？我看出了一部分伊的性质，推想伊对于孩子，并不增加多量的仇视的感情，因为伊对于一切都仇视，这是有别的心理上的原因的。

有这一种性质的人，做了后母，自然容易显出十分后母的彩色。但我以为前妻所生的子女，对于后母算不算是子女，实在是一个问题。他们虽然是伊的丈夫的子女，但也是伊的情敌的子女，并且决不是伊自己的子女。既不是伊自己的子女，叫伊从什么地方爱起呢？母亲对于子女，自然有伊的世间最大的母亲的爱；平常女人对于平常孩子，自然也有他们的广泛的母性的爱，但这都非所论于后母对于前妻的孩子。要伊用母亲的爱吗？他们并不是伊的孩子。要伊用母性的爱吗？名义上他们却是伊的孩子，又不能用普通母性的爱来爱他们。在这个难题上，再参和一点后妻对于前妻的妒的分子（前妻虽然死了，后妻对于伊的妒心是事实上常有的），于是乎后母对于前妻孩子的态度造成了。

所以我说，要是世界上有一种承认人们可以再婚的制度，同时，必须有一种规定儿童公育的制度。倘像现制度的模样，人必可以问，制度将何以处前妻或前夫的孩子？

五　故乡给我的印象

同乡许钦文君解说怀乡心的话很妙。他说大概几十年的老出门者，还有吃不便、用不便、听不便、说不便等故障，而出门时，一定非带干菜火腿做路菜不可的，这种人的怀乡心一定极浓厚。我是向来不喜欢带火腿干菜出门的，怀乡心之薄，照他说来也是当然的了。

我对于故乡，虽没有浓厚的感情去怀念他，却也并不想用愤怒的感情去憎恶他，正如不想憎恶任何地方一样。但觉得他对于我也未免太薄待了：为什么没有一点儿好的印象给我？

现在我把这次他给我的印象拉杂的算起总账来吧。

我母亲患的是半身不遂的病，我一到家以后，就主张赶紧看西医。亲戚们一个说，西医吗，某人也是同样的毛病，后来给西医医死了。又一个说，某人本来做染匠的，后来在西医身边跟了两年，现在也做西医了，西医在这里是没有人看得起的。他们都想了种种文不对题的话来抵御我。虽然后来我用病人儿子的资格，总算竭力的把他们说服，但我从此知道乡人对于生命，虽也不是不知道保护，但还凭借着习惯与成见，甘心向死路里撞去，和科学相去还很远呢。还有那等而下之的人们，忽而送仙丹来了，忽而送神药来了，忽而有人主张算命了，忽而有人主张念佛了，这些东西虽然不像毒药一般的就立刻会把人杀死，但只消略一服从他们的好意，也已够得我们病人和侍病的人头昏目眩了。你拒绝他们吗？他们真是出于好意。你也用好意开导他们吗？哪里来这许多的功夫。没奈何尽我的力量有形的无形的破坏，打定主意无论能破坏多少都是好的。

五年前我将要离开故乡的时候，城里一个老岳庙忽然遭了火灾。人们都放大胆子说：这怕什么呢？神明不要住旧屋，有意把他烧了，可以换新庙。这倒确是实情，我目见一二礼拜以后，认捐者的芳名，已在庙前牌上揭布了一大篇，单是捐助门槛的便有三位无名的太太。乡俗，妇人再婚者，几乎不齿于人类。社会上的悠悠之口，已经够得他们不能出头，而此外还有无形的苦痛，便是恐怕将来死后下地狱。消除后一个苦痛的唯一方法，就是待修庙时去捐助门槛。老岳庙遭了火灾，当然是那班内省多疚的太太们希求超度的大好机会，所以捐大殿门槛者竟有三人之多——但这也不消说，谁肯将真姓名宣布出来呢？所以变做无名的太大了。果然，我这次回去，老岳庙早已美轮美奂，并且香烟缭绕了。

我想，人有一种瞻顾将来的天性，妇人们尤甚，这是从生物遗传下来专为保护后嗣用的。育婴院的建立呀，学校的种种制度呀，教科书的编纂呀，玩具的制造呀，以及一切精粗大小的各种对于儿童的设备，无不是这一种天性的应用。但一走错路，把所谓将来者不看作自己的子孙，却看作本身的来世，那么，什么事情都随着糟了。我到故乡以后，看见老岳庙之焕然一新，而学校之愈形腐败，不禁起这一种感想，以为前途一毫也没有希望。他们还把将来的眼光不放在看得见的活泼泼的儿童身上，却放在不可捉摸的死后的自己身上呢。

有这种统治于神权下的社会，无怪仙丹呀、神药呀，不绝的蒙那班好意的人们送来了。我当初对于中医，纯是一腔的愤怒，以为他们老是说什么金木水火土咧，风寒咧，湿热咧，捕风捉影的，听了真令人讨厌，辨不出他们是医生还是道士。后来一转念，对于他们忽然起了一种同情，以为实际上来讲来，中医也正与西医一样，在这种社会里同立于劣败的地位。人们还相信吃仙丹，吃神药，不必说西医，就是中医也还相离很远呢。不过，那班中医，也自有他们可恨的地方。他们对于这神权社会的病家，非但不想鼓吹他们那半道士式的医术的万能，有时简直顺水推船，把自己的半道士式的医术也根本否认了。我从前，不是这回，听见过一个医生的高论；他因为医了不见效，便对病家说，“照脉象看来，他（病人）早已没有病了。这一定是有阴人，你们赶紧安顿吧。也许是他（病人）走路不小心，冲撞了他们（阴人），所以跟到家里来讨赔的。”这明明是说世界上不应该有医生的存在，却只准有鬼的存在，可谓足够丢尽医生的脸了。但是，那病家也真配听这种高论，他们听了心里比吃冰还凉爽，以为这真是好医生。在这种病家的眼光看来，这个医生确比那种中医的死忠臣，斤斤较量药味应该如何包，如何煎，如何冲者着实高明。他们其实也不相信中医，他们以为这样斤斤较量倒是虚伪，难免要医死病人。

所以神方、中医、西医，三个阶段，你若要考查他们对于哪一个信仰最深，莫妙于反问他们哪一个最容易把病人医死。他们一定说，“西医没有一个医好的，中医次之，神方却是最灵验，真真药到病除了。”看了这样的社会习俗，自然对于半道士式的中医，不免要起一点相对的同情了。

人家一定要问，这种社会里的智识阶级到哪里去了，难道没有一个报馆输送点智识给普通社会的吗？我于是想起报馆来了。高一涵君说四川有二十四天以前的报看便算幸事，但我的故乡全不如此。上海的报，当日晚上，至迟次日一早，就可以看见。本地报呢，只是这一点小城，就也有四个报馆。不消说，一看那种报，很有可以使人寒心的地方。一切紧要新闻，本来照例是抄上海报的，可以不用管他。只就社会新闻而论，满篇都是刻板的文字，与刻板的内容。材料中最占大多数的，自然是金钱的争执，与男女的关系，而用一种幸灾乐祸的文笔记载出来。这种格式，大概先有一人作俑，后来凡属相类的事实，便翻查成案，振笔直抄。他们也不管是否新闻，大概只要是稿便登载。我曾在新闻栏中看见一则某人的丑史，内容是叙他去年一段娶妾的事，与今年毫不相涉。这也算是新闻！我记得芮恩施对新闻记者演说有一句话：狗咬人不算新闻，人咬狗才算新闻。像这一种某人去年的丑史，简直可以说是去年狗不咬人了，还可算是新闻吗？果然，现在中国的报纸，无论如何的能手，看见社会新闻也难免卷锋。但是，大病每在找寻材料之不得法，和记载手段之不高妙。像故乡报纸所犯的毛病，似乎我在别处报上极其少见。所以要利用他们把知识输入普通社会，恐怕是很不容易的事。

我看了这种报纸虽然寒心，但总还有一点疑惑，以为乡人纵有别处人所有的种种恶的性习，甚或格外加多，但未必没有别处人所有的一点好的性习，即使格外稀少，但报纸上何以一无所见呢？这才又想到他们的刻板文章与刻板内容了。报纸上有了刻板的文章与刻板的内容，即使实际上发现了好的新闻，访者必将因其不能铸入旧模，弃之不顾，这还是小事，最可怕的是访者不但先有刻板的文章与内容，他自己身上还长着一双刻板的眼睛，好的事情他未必看得入眼。这是知识阶级的有无知识的问题了。

还有一个大毛病，我以为他们也正与现在的大多数人一样，是根本上缺少一点好意。我觉得记载手段的是否高妙，采访手段的是否得法，甚而至于有没有这样徒存形式的报纸，都是第二个问题，最要紧的是人们互相知道，互相谅解。我看了社会新闻不是客观的叙述事实，却是极带一种玩世意味的攻击个人，觉得他们除了欠缺智识以外，还欠缺一样别的东西，这大概就是我所谓的好意了。譬如说吧，某人做了一件什么坏事，这用社会学的眼光看来，考查这坏事究竟是谁做的，并不十分重要，报纸只要将他的真名宣布出来，也已尽够了，但他们却非将他的绰号宣布出来不可。拿起社会新闻来看，十条攻击个人的新闻，其中有九条是有绰号的。我不相信凡属乡人都有一个绰号，也不相信凡属乡人之被报馆攻击者都有一个绰号，那么，这个加添绰号的罪名不免又要加到文人身上来了。

我也不必讳言，这个加添绰号的恶辣手段，本来是乡人用以陷害别人的。我敢说一句武断的话，近世数百年来，凡属中国人，无论住在哪一省，哪一府，哪一县，都有被我的乡人用加添绰号的恶辣手段陷害的可能性。他们盘踞在大大小小的衙门里，好恶只随他们的喜怒，凡是他们认为可以处罪的，除了种种别的文字上的布置以外，最轻妙不费力而收效最大的，莫过于任意给罪人加上一个绰号。文字上的褒贬，起源本来甚古，孔二先生便早在《春秋》上用这种手段论人。而在一方面看这文字的大多数人，也早已种了随文字之褒贬为褒贬的毒根，以为一个人有了这样粗鄙的绰号，断断不见得是好人，就加以强盗的罪名也决不为过。于是，盘踞在衙门里的人们得其所哉了。最近一二十年来，这些人的势力逐渐灭杀，但是，这些人的孩子们，还着实相信法政学堂是唯一的出路，蚂蚁附腥气一般的瞎撞进去，外省的人们似乎还应该紧紧的防着呢。

但是，事实竟出人意料之外，害人者即所以害己。我想九泉之下的老师爷们要是有知，看见现在的本地报纸上，尽是一大篇的绰号，并且用那种毫无同情的文笔，玩世的记载他们子孙自家人的事迹，一定要号啕大哭一场。

文人的任务，是在一面将人的好的处所发见出来，客观的记载出来，告诉别处的人们，这里也有你们的兄弟，一方面将人的恶的处所发见出来，客观地记载出来，告诉本地的人们，这些是你们应该改善的。故乡的报纸，在北京少有见面，只有从前在大学门房里看见过一份封面上写着“蔡鹤卿周启明二先生同启”的外省报，从邮印上看出确是从他们的故乡寄来的。他们一个住在东城，一个住在西城，后来怎样的“同启”了一下，我终于没有知道。因此，我很想在这一次南行时，顺便看看故乡的报纸，借着他和我的久别的故乡会一会面，或者介绍给大学的图书馆，使别人也知道浙江省里有这样一块地方，这样一群人，在那里干这样的事。但是，结果很使我失望。我相信故乡决不像他们记载的样子。他们是一面哈哈镜，有意把真实的人照得七凸八凹了。

看了这样的社会，我想无论什么人，一定要同样的发生一个疑问，就是，他们的教育如何？正如植物被虫吃了的时候，人一定要问：“芽头萎了没有？”

前面已经说过，乡人的瞻望将来的眼光，还放在不可捉摸的来世，着实无暇顾及脚跟前活泼的小孩。但是，因为种种关系，教育却也不能不有，于是，我要先将他们对于教育的态度来说一说了。

初开学堂的时候，他们看出学堂是洋字一类的东西，所以都敬而畏之。学堂的第二个时期到了，他们觉得这是官字一类的东西了，于是乎畏而轻之。后来学堂越开越多，内容越长久越明了，发现这并不是洋鬼子的侦探，也不是皇帝的钦差，不过设立来教育他们的“小畜生”[①] 的，这时候的教育真不值得半文烂铅钱了。

现在他们对于教育的态度，还陷在第三个阶级里。要整顿教育，此刻无论如何不能在教育的本身下手，最要紧的是使他们看重自己的孩子。待他们对于自己的孩子真是当人看待了，然后再使他们知道研究学问的重要。因为我常常听见有人用一句口头禅，是“我们反正是经商的，读书做什么呢?”这已不是看不起学堂，也不是看不起孩子，只是把学堂与孩子看作两件极不相关的东西。因为他们只知道经商的人便不用读书，不知道经商的道理方法也要从书里得来。

有一个中学堂和一个师范学堂，都是别人来替他们办的，好坏他们都不管，其实连怎样叫好坏他们也未必知道。从前也经过一个时期，这两个学堂都是自家人办的，但是这怎么得了呢？熟面孔最容易吃群众的亏，熟面孔与熟面孔又最容易争夺，只要走来一个远客，便什么都好办了。

这次我到家以后，有一位师范学堂的教员来看我，我便问起他们学校的近况，他说，“学生们是想新的，但是缺少根据。”我当初没有细问，后来一想，这所谓根据究竟是什么，

① 我一点也不冤枉他们，他们十人中有九人骂自己的少爷小姐为小畜生。从这三字可以推知他们对孩子的态度。

却有些答不上来，大概是说学生们不能看进化论、互助论、资本论、相对论一类的书吧。但是我又疑惑，中学校的学生，能够不能够，应该不应该，看这些新思潮根据的书籍，实在是一个问题。再想下去，中学校的学生，是否应该有新有旧，想新想旧，实在更是一个问题。中学教育的目的，是使学生们知道横的天然界有多少东西，纵的人事界有多少历史。要是中学教师能尽这个目的做去，我可断定中学的学生，一个也没有新的，一个也没有旧的，只是一个一个的都是预备做成人的健全胚子。所以我觉得教育学说的新旧，教授方法的新旧，都是教员方面的事，中学校的学生实在可以暂且不管。

新思想传播到乡曲，色彩本已不见得浓厚了，再加上多少的误解，结果自然只落得一场短期的空热闹。我便走过书肆，问他们近来有什么新到的书籍。他们说，“新思潮现在已经过时了，所以上海来的新书也很少。从前大大的通行过一时的，如今买的人也渐少了。”

但这都没有什么要紧，我以为感染来的新思潮，或者远不如自己发生的格外可贵。我所唯一希望的，是父兄们自己已经腐败了，千万不可再去害子弟。他们所认为宝贝的东西，千万不要往孩子肚皮里乱塞，只要让他们自己发展，那么三四十年后的故乡，一定可以不如今日的样子了。

还有许多不成片段的宝贝，似乎也很有保留起来的价值，可惜我的记忆力太坏，记载手段又太劣，不能好好的尽保留之职罢了。

现在把这些东西暂且一条条的写在下面。

一、一个钱铺子里的漂亮商人说:“蔡元培真是个败家子呵！他可瞒不得我的一双眼睛。他的兄弟整千整百的洋钱汇给他，我都是亲眼看见的。这种兄弟真是好兄弟，这种阿哥真是傻阿哥!”

又一个年老点的人说：“他这翰林远不如黄寿衮这翰林，一个虽然也不见得能干，总还做一任知府，掳了十几万家私，他是连一任知县也轮不着!”

二、一个在北京的银行里当文书的人，议论他一个朋友的儿子的病症，说：

“这该死！这该死!”他得病以前是真老悖，但是这一点好：汽水冰其林从来不上口的。我究竟没有病痛。哼，这种后生们哪里肯听！他们爱时髦!

“去年，老范也上过一回大当。他学了时髦，也要看看西医。毛病并不重呵，西医却把他的头拿去到冰里面一冰，那可糟糕了。后来我还是劝他，他自己也觉悟了，赶紧请中医，吃了二钱‘至宝丹’才开了窍。”他伸出两个手指，摇摇头，再说，“险呵！你学时髦去！学时髦的人应该给他们吃点苦。”

三、又一个在北京银行里当收支的人，年纪也有五十多岁了，在席上闲谈，中间有一段说：“所以我现在的嫖兴也大减了。第一现在的姑娘们都是大脚，看了与看男人一样，先鼓不起我的兴致!”

四、一个在上海衣庄里当经理的亲戚，问我说：“现在令弟在法国做什么呢?”

“学图画。”我说。

“他跑了三四十天的路程只是为学一点图画吗?”他意以为这是我骗他的。

“他的性质与图画相近，法国的图画又有名，所以他学图画倒是很相宜的。”

“我想太不值得了。你劝改学法政好不好?”

“不好！一个人只有他爱学的东西学了才会成功，法政与他性质不相近的。”

“我看总是法政好。学法政回来的人至少也是一个省长。你看现在的督军省长掳起钱来多少利害，起码总是几百万。”

“倘只为要掳几百万，那么何必跑到外国去，只要在本国学掳几百万的方法就好了。”我这样回答他。

“我想路越跑得远，回来挣的钱便应该越多。他原来去学些图画，跑这许多路太不值得了。”他很失望似的说，意谓年轻不懂事，路得远路到那里去学点玩意儿，却把正经事抛了。“那么他学了回来仍是与我们生意人一样!”

“正是，”我说，“生意人靠每天工作吃饭，他将来回国也是靠每天工作吃饭。整天不作工，却要去掳几百万，还不是和做强盗一样吗?”

“那不用说了。一个人不是为名，便是为利。我知道了：你们既不要利，一定是为名了。”他自己勉强把这个难题解决了，其实依然没有明白。我想我何必同他争论，还是让他自己解决就算了。

以上四则，真是沧海里的一粟，其余为我所没有遇见，或遇见而此刻一时想不起的，还不知有多少呢。但是只看这一点，已经也尽够可以宝贵了。照例这些东西未必能走进我的耳朵，因为怀着这些东西的人也早已自知谨慎，不大肯给他们心中的某一种人看见。但是我颇有这个本领，使他们觉得我的存在与不存在一样，他们尽可以畅乎言之——像第四则我同他对话是很少的。这个本领从什么地方得来，我自己也不大晓得，仿佛记起从前在什么书上见过，到蜜蜂窝里取蜜，采取的人须得小心谨慎，使蜜蜂们觉得与没有这人一样，否则便要被他们放毒刺，或者我无形中受了影响。但是，我敢深信，我不像采蜜的人一样；他是越采得多越快活，我是越采得多越心伤。

六　浦镇十三日之勾留

我万万想不到，这一次回京时，要无端的在浦镇去住十三天。津浦路冲断是我早经知道的了，但我以为只要在南京停留两三天可以通车，所以绝不想到海道、长江轮船与京汉路。

到南京的第二天，许钦文君就渡江来把我邀去，说在南京与在浦镇反正是一样的等车。我就当夜同他到了浦镇，预定明早一早再渡江来，逛一两天南京名胜。不料当晚风声大作，次日早上又继以阴雨，遂决定暂不渡江，只写一信给下关旅店，说倘有人找我，或有信件，都可转到浦镇来，讵知事又出人意表，从我到浦镇的第二天起，一直断断续续的下了十三天的风雨，中间没有半日的停止。到第五六天时候，雨稍除点，我硬着头皮渡江去，走到旅馆，掌柜的惊问我这么多的日子在哪里，说有许多来找的人都碰头，许多信也退回了。我说我明明有信给你们，说我在浦镇。他说没有收到。我说我明明写着江南第一旅馆执事先生收，怎么会不收到的呢？他说："啊，原来那一封信就是你先生写的吗？我们因为这里没有执事先生其人，早已拒绝。"这怎么好呢，真把我气得不能开声了。没奈何，再在旅馆里写了一张条子，贴在门口，并叫掌柜的紧紧记着，我在浦镇什么里多少号，于是我又遄返浦镇了。

这十三天当中，在浦镇得到些什么？这我已在许龚二君面前受过一回考试，可以背诵出来一点也没有错，现在再复试一回吧。

背东南而向西北的房子，面临街道，后临河道，正对面是一家孔四房清真客栈，里面是一个六十余岁的老年妇人、一个四十余岁的中年妇人、一个十八九岁的少爷式的青年儿子，以下再是两个十岁以上的女孩、一个十岁以下的男孩，因为常要朝着我们装作嬉皮笑脸，所以我们叫他顽童的。从老年妇人直至顽童为止，身上都戴着孝，我们均猜想这死的大概是中年妇人的丈夫。但又不然，老年妇人为什么要给儿子带孝，发生了问题。于是许君天开妙想，说老年妇人一定是死者之妻，中年妇人是死者之妾，但我们终不大以为然。

老年妇人勤俭极了，一早五六点钟的时候，有时我们还没有起来，便听见伊在门口鲜菜挑里买菜论价的声音，从此开手劳作，整整一天，直到晚饭以后才停止，如纺纱咧、淘米咧、煮饭咧、上上排门咧、去荳芽菜的根咧、水淹入屋内时在地上搭挑板咧，什么事体都做。其次便是中年妇人与两个女孩子，他们除了互相梳髻，稍费一点功夫以外，其工作的没有间断，也不亚于老年妇人。至于两个男孩，一个顽童式的，年纪已经到学龄了，但并不看见他入学，他的样子是告诉人他将来大了以后也像那十八九岁的哥哥一样。那十八九岁的哥哥是怎样的呢？他居恒并没有什么特点；我真的太不善于观察，当初看见他穿的一身立领的洋服，以为他是个铁路上的检票员之流，龚君说不然，他一定是个休学的中学生，后来研究，觉得大体不错。他除了吃饭吸纸烟与弟妹们玩耍，或街上有什么风吹草动的小事便出去观看以外，便坐在店门口闲望，他们说他是在望我们东边楼窗里房东的小姨子，这也许近是。但我并不以他为不然，我主张青年们只要不可忘了自己的事业，这时候男看女女看男是极应该的，尽管放着胆子正大光明地选择自己的伴侣；不过第一不可躲躲闪闪，越怕人知道或者越闹出大笑话，第二不可在选择定了以后，再有这样类似选择的行为，在爱情中转辗的生活着，虚靡了一世。

少爷的生活，但是，也很清苦。老年妇人中年妇人与两个女孩子更是不用说了。少爷与幼年的一个所谓顽童，是合家所奉为宝贝的，有时他们与姊妹们有什么争议，两个妇人照例不问是非，屈女孩而直男孩，吃饭时也给他们两个人先吃。但是，我们从楼窗口偷望下去，这两个阔人也不过吃豆板菜过日子，潮水来时鱼价贱，也只有间或几条小小的，便算作他们的盛馔了。这也难怪；新死了一个人是无疑的了，而他们这客栈，是从来无人照顾的，我在他们对面住了十三天，绝不见他们有一个旅客，所谓客栈也不过只有一个名头，住几个自家主人罢了。

孔四房客栈是在我们正对面，与他并列的还有许多临街的小屋子，多半都是草舍，间或也有几所瓦房。其中的人有劈篾为篳的，有炸油条、烙烧饼的，有开小杂货店的，生活都是不堪其苦；而且大多数没有楼房，一涨大水，大家都搭挑而居。我们住在楼上的，水淹入屋内时，尚且常见有极大的钱串子虫爬上楼来，可以料想他们没有楼房的在大水时所吃的苦，只论虫豸一种也已尽够了。

孔四房的后面一带是山；离他不远。山脚下还住着许多人家。因为他的后门，可以通到山麓，所以我们间或看见山下人家的男妇老幼，为贪近便起见，有从孔四房的前门出来的。但这自然须得孔四房的允许，谁也不能任意假道。不过这个允许当然不是说有什么方式的，只要一向假道下来，双方没有异言，便自然率由旧章。但这绝非所论于忠厚的人，戆直的人，或不大知趣的人。

山下人家有一个所谓傻婆也者，年不过二十一二岁，大水涨时，伊天天赤着脚，高卷着裤腿，往二三尺水深的街道上缓步的走过，每天总要走十趟上下：到市上去买菜一二趟；提了磁茶壶两三把到近市的地方去买开水又是一二趟；拿着米箩菜筐到河埠去淘米洗菜又是两三趟；据说伊的丈夫还在市上开着一家小杂货店，所以傻婆有时空手上市，是去管理自己的店务的；店务余暇，伊还要抱着自己的孩子，就近街坊闲逛，间或每天也要一二趟。伊是这样一个来去频繁的人，也天天在孔四房假道，加以伊的性质既可使人名之曰傻婆，当然是不大活泼，孔四房女主人们的不满意是无疑的了。一天，我们看见孔四房自老女主人以下，差不多全家，在自己门口，像什么衙门的卫兵一般，排队站着。我们知道有异，出去看时，傻婆正提着米箩菜筐，新从我们屋旁的河埠回来了。伊要是早知他们挡驾，反正有路可走，只差得稍远一点，不到孔四房去假道也就罢了，但是，傻婆的单纯的心理还办不到如此。老女将军率领小孩子，一见傻婆依然没有改变方向，朝着他们的大门而来，便紧紧的堵着门口。在傻婆一方面呢，却是与从前同样的舒徐，到了门口，也仍是如入无人之境。这样一面紧张，一面弛缓的空气之下，结果是傻婆依旧闯进了门口，挡门的人只拔出拳头来在伊的背脊上打了几下出气了事；但是傻婆一直往里走，仿佛只想即刻穿出孔四房的后门，达到山下的伊的目的地，对于他们毫没有什么抵抗。

傻婆而外，还有一个使我不容易忘记的，是卖鲜菜的妇人。伊的住所大概也在山麓，不过离得远了，我们没有详细知道，我们所知道的只是伊天天担了鲜菜——绿白相间的韭菜与小白菜——在满水的街道上徒涉，并且每每找一个空闲的地方等着人家买罢了。我估量伊的年纪大概也与傻婆仿佛，不过二十一二岁。我倚着楼窗看了伊的身面，对龚君说，这个人还是才做了新嫁娘哩。伊赤脚是不用说的了，这是浦镇极平常的风气，况且这回又有大水。伊的头上首饰，似乎银色既毫无转变，而上面染着的翠点又极其新鲜。土布衣服，土布裤子，深蓝都没有褪色。这明明表示是伊的嫁时衣。从伊的面色与这些服饰上的根据，我便说伊是才做了新嫁娘的。龚君也以为然，遂继续说出关于伊的一段故事。这一说而使我连上述的一段情境也不会忘记了。

龚君说伊是一个极忠厚的女人。有一回，他初见伊担着鲜菜到这条街上来的时候，街坊一个人出来问伊买菜，秤好以后，将付钱了，伊又添了他一小把。谁知做好人是极危险的，旁边小孩子和妇人们都看见了，大家走到伊的菜挑旁边，初时还正正经经的问伊购买，要伊加添，后来你一只篮，我一只手，迫得伊无暇应付，不问曾否付价，只大家混水捉鱼，各得着一点便宜去了。这面伊一个人，脸上也看不出什么感情的表现，等了一会儿依旧慢慢的挑回去了。从此大家都要到伊这里买菜，就算不妄想不出代价，也各人希望着占点便宜了。不过现在大概伊也有了经验，渐知与人较量，不大像从前的肯随便送人了。

这是浦镇里面的小小波澜。龚君说完以后，我们都倚栏无语，相对不禁怃然。

我第一天往浦镇，是在晚上九点余钟。我与许君坐在长江轮渡的二层楼上，看着黑黄腌鸭蛋一般的云彩，东一大块，西又无数小块，任月亮穿梭似的过去，几乎看不出云的本身在动。风呢，打在这么大的轮船上，虽然没有影响，但我们坐在船头楼上的人，已经觉得过凉了。我们说，天气也许要有变动；但此时绝不想到一变动而能亘十三天不肯休止，也绝不想到一变动而能使我们从此逛不到南京。许君先为我称述这一只“澄平”轮船，是渡船中之最大的，船身也最新，并且说他与澄平的感情最好，他已经知道他每天的开船时刻，凡他渡江一定非乘澄平不可的。但这还不能表示他与澄平为知己；最妙的是他住在离江八里的浦镇，而能辨出澄平的叫声。这是我亲自试验过的，有时我们坐在一起谈天，大家都不注意外事，正如在北京时要对准时针，用心听着午炮，但忽然来了朋友，一谈天便能把午炮误了。而许君处这个当儿，却绝对不会误过，在大家谈兴正浓的时候，他能独自叫出来，“喂，澄平开了!”——不消说，他是知道澄平的开船时刻的，自然要比我们不知道的人容易听见，但是，我们何尝不知道午炮的时刻，为什么一谈天便会误过呢？况且沿江一带，轮船火车的叫声，一天不下数十次，于数十次当中辨出一种特别的声音，似乎更不容易。这一来而许君对于澄平的浓厚感情便证实了。许君自己还说，澄平是有生命的，你看他朝着码头走去了，而且从来不会走错。

我们坐在澄平头上，看见他也如月走云端一般，乘势在凉风与月色中飞渡。在这渡江的十分钟内，许君还继续同我讲述浦镇景物，说他们的房子背面临水，是扬子江的支流，楼上后门以外，有极大的晒台，虽在盛暑天气，日光斜过，晒台上顿若初秋。前面一带小山，顶上有韩信将台，这是浦镇的唯一古迹，到浦镇的人都要上去观览的。待我们到了浦镇以后，走近楼窗，他们就在朦胧月色的当中，为我指点说，这就是所谓将台。后来一连风雨，非但使我逛不成南京，就是这眼前的将台，也没有上山去逛的机会。等到一天雨霁，我们用人力车仿佛乘舟一般的在满水的街上斜渡过去，再走到小山顶上的将台去逛。但是很使我失望。第一他的建筑已经有了一点洋气，这倒也就罢了，谁敢奢望韩信时的房子还能流传到今日呢？凡属古迹一代代的修葺下来，自然一代代的加入新式建筑的分子。经过最近的一次修葺，自然不免带有几分洋气了。但是，第二件更使我失望的，是没有一点文字上的证据给我，使我们逛完以后依然不知道究竟这是谁的将台。将台是三层，上层因楼梯楼板已被拆毁，不能上去，下层则堆着泥土秽物。我们到的是中层，其间空无所有是不消说，而壁上正中嵌一石碑，是先有了字再凿去的。近去看时，还能辨出勒石是民国三年，撰文者是柏文蔚。隐隐约约的碑文末句，仿佛“是所望于后之来者”！这使我不解，安徽都督为什么要到江苏的浦镇来撰一篇碑文？他后来虽遭种种失败，但为什么竟并韩信将台中的碑文而亦连带犯罪？多心的我们，又不免要把这个罪名猜疑到群众身上来了。大家你一句我一句的讨论，其结果是：一定将台修好以后，近村遭了水火时疫等灾，乡人便迁怒到修葺将台动了风水，所以上去捣毁一番，连碑文也给他不留一字。

偷得晴天一瞬，我们总算把将台草草逛过了，但是游兴未阑，很愿意再找别处。龚君说，听说二三里外一个庙里，供着一具已死和尚的尸身，我们可以去看一遭。大家都以为可，龚君一边走，一边讲他所闻关于这和尚的故事。这和尚已死十年了，本来葬在一覆一载的两只缸中，今年他的弟子忽然宣言，他师父给他梦兆，说他的尸身至今未腐，愿搬到庙中来享受香火。弟子遵命掘出坟来，果然面色如生，后来搬入庙中，香客之盛，几乎举镇若狂。一路说说笑笑，到了寺门，见门上匾额写着“普利律寺”四字。入门走到大殿，就在左边看见供着簇新袍服的金面像。这时候我心中顿起一种寂寞的畏惧，觉得同去三人还嫌太少。我出世以来，与死尸同室，虽然也有两三次，但都是熟人。现在与一个不相识的老和尚的死尸同在一室，似乎很少经验，所以极想壮一壮自己方面的声势。凡人到畏惧时，一定要想到同类，我少年时候最喜听人讲鬼怪，讲完后又怕走夜路回家，夜深人静，街上寂然无声，只听得自己衣袋里滴滴的表声，我这时候心中暗想道，人类的知识，已经到了能够造表的程度，难道还怕鬼吗？防鬼来侵时才想到人类了！我在大殿门口站着，又把心来一定，想道，他或者还有气味吧，我虽然去掉畏惧，也似乎不该近前。但是又怎肯不看呢，大家走近前去，细细的看了；金色面孔，稍微歪着；眉间眼际，似乎有点模糊；眼睛又紧闭着。这明明告诉我是个风干的死尸。再向四旁一看，神龛右边，放着原来的两只水缸，而神龛前面则钉着许多簇新的匾额，具名的多是弟子陆军中尉陆军少尉，下面又攒着许多名字。我很奇怪，为什么杀人不怕血腥气的军官，竟肯到老和尚的死尸前面来称弟子。许君说，然则你承认他一定是真的死尸了。我说是。他说，“要是春台在这里，一定还有许多怀疑，许多假设，态度决不像你那样独断。”他的意思是想因我们的一去而能发见这不是真的死尸。后来我说，“事实不必怀疑，何必定要怀疑。你只要看他的微歪的头、旁边的缸、紧闭的眼睛，便可以证明是真的了。你如不信，可以用浦镇人民的知识程度做担保，他们这样的智识，要他们去抬一个死尸来到庙里供着，并不算得什么一回事。”但是，军官上匾的问题，总不能解决。我想，这或许完全是老和尚弟子的欺诈手段，他想藉着师父的死尸骗钱，恐怕别人不信，所以去弄了一班军官来撑场面。这个假设我自以为并不是，没有几分道理，不过太把军官与弟子都看作聪明的坏人了。或者他们的蠢笨，还使他们坏不到如此呢。

浦镇是属江浦县的，本身并不是县，但也有城，仿佛从前是一个营寨。我曾到过一趟城里，看见东门市颇形热闹，其余都是泥房草舍，与乡下一式。我所最不安于心的，是他们住在这样的泥房草舍里，几乎连生活必需的供给都还没有充分，却也与都市中的人同样下流，终日玩骨牌过活。我凡走到这些地方，一定要想到我们的先民，常常把这些人与尧舜来比。我觉得尧舜与尧舜以前的人，也与他们一样，是人类的萌芽。但我很奇怪，尧舜何以能有尧典舜典传下来，却从来不听见有尧赌舜赌，尧烟舜烟传下来呢？现在他们既然还做不出尧典舜典，何以居然能玩这种复杂的赌博呢？此时，我不禁发生一种奇想，以为我们的野蛮的先民之为人类的萌芽，是犹植物之三四月的萌芽，现在野蛮人之为人类的萌芽，却是八九月的萌芽。成熟的果子已经正在收获了，碧绿的萌芽或者也只配出来经一番霜雪，然后毫无收成的再从来处去罢了。难道今日之世道，真如一年的秋冬，老先生们所谓末世吗？这就引到凡是落后的生物能否进化的问题了。但我以为先进的人们，无论如何总应该尽力，帮助这些要从来处去的人们——无论他们在那里想从来处去。

浦镇的十三日，虽然在我觉得像过了十三年一般，但也是这么一天天的过去了。到十二三天头上，我半夜醒来，扪心自问，“我是做人的人吗？要做人的人不应该候车十三日而不想别的法子！”于是不管晴雨，把九月二日的行期来决定了。这一天早上，天还没有亮，室内的钟声、户外的虫声，都低低的把我叫醒，七点钟上津浦的车来京了。但是我的心中，从此有一个模模糊糊的浦镇，时常要涌现起来。

七　傻子

我既“到家了”，一下车便跑到学堂；别来无恙，我心大慰了。我在学堂接收了许多积下的信件，正打算要按着日期一封封的去看，忽然在学堂旁边，看见迎面站着一个新开的澡堂。这是我南行以前所没有的，今天仿佛等着为我洗尘，我便也不客气的踏了进去。

在澡堂里，我先把信件草草的看完了，然后开始洗澡。喂，窗外无端的送来一种什么声音，陡然把我引到两年前的旧世界去了。影片一般的，那旧世界辘辘的在眼前过去，迷迷蒙蒙看见他那片上的中心人物——“傻子”。

冬天的深夜，大学近旁，东一簇西一颗的，雪地里散布着灯火，远望去如星星一般，仿佛正在等待东方的发白。每一颗星星都会发出叫声，隐隐约约地又可辨得出来，是落花生、水果糖、硬面饽饽……

石油灯底下，伏案读书太疲倦了，我硬拉着我的兄弟出来闲走。“夜深了，可以不去了!”这是他常常用来拒绝我的，但结果还是出来，这时的空气，虽然是在霜雪中滤过的，寒冷自不消说，但或者也因为是在霜雪中滤过的，所以特别新鲜。我们一边走，一边谈天，不知不觉的闯入星从里买点心。买了以后，手中一拿东西，便只能回去了。走到我兄弟的书房里，合起书本，摊开点心，石油灯底下又另开谈天的一幕。这一幕每每是很长的，那天自然也依旧，我直到一两点钟后才回去。

第二天早上，我仓忙起来，觉得缺少了一件东西，走到我兄弟那里去问：“我昨晚把钱票夹落在你这里没有?”他说没有。我说那一定是掉在糖果挑里了。但是，我们怎么知道这挑儿不点灯的时候是在什么地方呢？同样，他又怎么知道我们不买点心的时候是在什么地方呢？我要去找既无从找起，他要来还是无从还起了。

我兄弟说：“不是你昨天问他住在哪里，他说在三眼井吗?”我也隐约的记起来了。我说我们不如到三眼井去问一遭。一边走，我们一边谈笑，心想无论找得着找不着钱票夹，去访问一个卖糖果的总是一件有意思的事。待到了三眼井，一问而知，凡是卖糖果的全住在一个庙里。我们便走到庙里去问。这可令人奇怪了，原来庙里有这么大的一个社会。谈论的，打架的，自己收拾衣服或用具的，不知有多少人。在这么大的人群里，我们便访问大学旁边摆摊的是那一位。他们都说，“在后进屋里，王大的兄弟——傻子！”

我们又走到后进。他们正要围坐起来吃饭，是新蒸好的黄色的一大块一大块的东西，热气腾腾的正端了出来。我们问在大学面前摆摊的是哪一位，他们都指着傻子说是他。我们又问，我们昨晚买东西的时候落了钱包没有。他一声也不响，脸上也一点没有什么表情。旁人说，大家可以到挑儿上去看一看，傻子也许不留心，还放在挑儿里，挑儿此刻搁在大殿里呢。

我们走到大殿，呵，这真叫我们惊异了，大殿里一排一排的满放着一样的糖果挑儿，约莫有二百个内外。这仿佛年幼时夏天玩络纬虫，家中只养着一个，忽然在街上卖络纬的挑儿上看见，几十个小笼儿都关着络纬，令人感觉一种说不出的快乐和惊异。但是傻子将他挑儿用布盖着的，挑儿翻起来，我们只看见昨晚卖剩的水果、糖、落花生一类的东西，并不见有皮夹，我们因为要上课，便匆匆回家了。

我走到房里，整理书籍打算上课去了！唉！我这鲁莽人，原来皮夹就放在书下。我们都觉得无端到傻子的挑儿上仿佛像搜检一般的去看，总是万分难过。后来大家说通了，傻子也毫无为意。只是从此看见糖果挑儿，听见糖果的叫声，一定要想起傻子。

从澡堂的窗门里进来的声音，今日又引起我心中的傻子了。

不知不觉的洗完澡了，一路的风景也于此结束了，猛然记起品青还等着我呢，遂匆匆出门，从此开始再过我的北京生活。

一九二〇年九月

从北京到北京

——两星期旅行中的小杂感

一

旅行是读活书，是读不用自己动手，而能一页一页的翻了过去，并把一部分重要的处所已用红线勾了出来的活书。读死书的只要有精神上的准备就够了，身体的无论如何孱弱，于读书可以毫无阻碍。读活书却不然，身体上稍有不健全，便感受不起旅行中的种种知识，任他风驰电掣般的活书一页一页的翻着过去，读书者只觉得反而增加头昏目眩罢了。这一层我在南行杂记上也已提及。中国人平素对于饮食、男女、作息、起居等等，大率毫无节度，且莫论一旦仔肩什么大任，只小小的作一次旅行，也就十分表示出担当不起的样子，像一条煮熟了的白鱼，懒得连眼珠都不能转一转。我从这次赴济南中华教育改进社年会并游泰山曲阜的两星期旅行中，更觉得这种情况非常普遍，而我们的这身躯，实在是一文也不值了。

二

这回遇见许多从前不曾见过的人物，其中有几位给我极深刻的印象，一位是陈君颂平。我以为只有他，在这几百人的大集合中，可以算作我第一节中所说的例外。他自己说，从出生以至三十，差不多无时不在疾病缠绕当中。三十以后，渐知考究西洋卫生的方法，一面探讨，一面实行，现在五十二岁，这二十年来，精神身体两方面，健康的程度只是有增无减。二十年前的老朋友，看见他几乎不认得他了：身体的孱弱与壮健，是显然不必说的；因身体而影响及于精神，于是从前萎靡者而今振作了，从前悲观者而今乐观了，从前踟蹰不前者而今希求进步了。他不像我们这些不知自爱的少年，因为事忙的缘故，每天的睡眠的时间，可以通融减少到两三小时。我们这种荒谬的行为，是断断不足以为训的。他虽在旅行中，依旧不改规律的生活，每晚十时许一定睡了，每早五时许一定起身，起身便即用冷水洗澡。对于会务，他也提出议案，也发抒意见；全体大会、演讲大会，也多半参与。会务以外，应该游览的几处古迹、风景、名胜也都到了。他能把自己的身体与事业看得一样的重要。这件事，说来虽然容易，实行却是极为难的。你看，许多人因为把事业看得太重，辛辛苦苦的奔走半生死去了，丢着些未了的事业让后人来干；许多人因为把身体看得太重，对于什么事都存一个观望的态度，又未免近于自私了；还有许多人对于身体与事业的轻重，终生辨别不清楚，于是乎颠连一世，百事无成了。能操持这两方面的平衡，使不生畸轻畸重的弊病者，我从前不多见，这位陈先生其庶几了吧。

陈先生与我谈话的中间，很留着些他对于各方面的意见。他看着火车两旁濯濯的山头，起了非常的感慨，以为如果这些地方在日本人手中，不出十年，一定将树木栽的蔚然可观了，朝鲜就是一个很好的例子。他并说，积极的造林，似乎不及消极的防止较为重要。森林警察是应该与造林同时举办的，森林中须禁止采伐固矣，尤须禁止牛羊上山，这些都是森林警察的职务。

他又提出两件事征求我的意思。一件是学界公办一个避暑的场所。地点以山东蓬莱为最相宜，一则可以洗海水浴，二则可以看海市。此外，或者青岛，或者烟台，均无不可。中国国内几个避暑的地方，如北戴河、莫干山、庐山，都是外国人经营的，中国人并不是不可以去，不过一般学界中人，其生活的程度，决不能与他们那些外国的阔人大老抗衡。一旦我们自己举办，设备但求清洁，尽不妨稍微朴素，用费以普通学界中人所能担任者为合度。苦学生或连这一点低廉的用费也不能负担，则避暑场所，很需要各项工作，他们尽可每日去工作一二小时，博得暑假中的低廉生活费。这件事，如果由中华教育改进社举办，似乎更属相宜。

还有一件事是关于精神生活方面的。中国人的信仰是什么？这个问题，在大嚷非宗教同盟的时候，似乎也有人连带提及，我觉得中国人的信仰有数千数万种，而一旦横加暴力，则无论哪一种信仰都可以顷刻摧破，所以中国人或者可以说是还够不上有信仰，或者可以说是只有一点儿风雨飘摇中的信仰。陈先生说，岱庙中拖着长发穿着黑袍的老道，秦始皇就上了他们的当，历代相信封禅的帝王也就上了他们的当，他们在思想界中是着实占一部分势力过的，但是现在只替人拿钥匙开大殿的门了。孔子的势力，在过去时代也并不小，现在却颓败到这样了。一般人谁还奉孔子之道！所以过去的势力，从前很难维系过人心的，现在早已过去了。现在的需要，是在思想界中建造一个共通的道德目标。这个目标不是一二个人所能议定的，但是我们至少可以先定一二个基本条件，例如诚实，就是凡人决不能欺骗别人，也决不该受人欺骗。这种道德上的集会，倘能兼办物质上的事业，其势力扩大时，可以使全国人的道德生活受一番新鲜的洗刷。

陈先生对于极琐小的事也能悉心体会。他尝同我说，有许多专门的学问，在专门学校的课堂中，尽有略而不全的。他因为耳鸣，曾遍访各医生，多数是医专毕业的，都说不出所以然。后来同一位日本医生谈起，知道用铜管从鼻孔中通气，只是治标的方法；最好是用盐水洗鼻管，鼻管全愈，空气流入，与耳朵方面气压平均，耳中自然没有鸣声了。

陈先生给我的印象很深，所以即他的一言一动，也使我非常注意。他的精神，比我们好得多，我们同游泰山曲阜以后，他还余勇可贾，又独自逛青岛去了。

三

还有一位给我印象很深的是田君中玉。他是山东的督军兼省长。据平常的经验，凡是大官，多半是讨人厌的。一则因为他们在一呼百诺的舒服生活中过惯了，平素谁也不敢冒犯他们，于是逐渐养成一种病态的心理，以为只有他的主张是对的，别人的主张都是不对的。大官又好说官话，模棱两可，似是而非，初听好像是说一段正经话，待按实下去，才知道其中毫无主意，只是把许多好听的名词，用许多圆熟的调子，连缀在一处就是了。

但我从他的两篇演说中，看出田中玉却毫没有这些讨人厌的处所。我第一次听他的演说，是在中华教育改进社开幕礼的会场上。当全国教育专家数百人之面，要来谈论教育，田中玉也知是不可能的，所以他说了许多真心真意的谦虚话。他说：

> 我是一个武夫，平常很少有机会与国中大文学家（记者原注：此文学家想系文人或教育家之意）会面，所以对教育可谓毫不明白；但我这个不明白教育的外行人，对于教育也有一点儿外行的意见，要提出来向诸大教育家说一说。说对了，就算对了；说不对，还请诸君原谅我一个鲁莽的军人，当作没有说就算了。

以下就提出他的意见：减少教员与学生间的障壁，增加教员与学生的亲爱。“大多数的学生是很好的，但少数淘气的学生，也不是没有；他们说先生是出钱雇来的，用不着敬爱。而在先生一方面，以为学生既不敬爱他们，他们也只要按月、按星期、按点钟算薪水就得，把学生的学业一点不放在心上了。”这是他这个“外行人”对于教育的“外行意见”。以下他又要谦虚了：

所以我今天特别提出来请诸君研究——不，我这种浅薄的意见也说不上劳诸君的研究，只是希望诸君知道有这么一个意见就是了。

他自己说今年五十三岁了，十几岁时也受过旧式教育，那时的学生生活是很苦的，先生还要责手心，哪里像现在可以自由发展。“教育方法应随时代而变迁，数千年前科学没有发明时的教育方法，对于现代的不相宜，正如衣服的不合时宜一样，如果在今天这种炎热的气候，有人穿起皮袍子来，一定要闹乱子了。”

他还有一篇在全国农业讨论会的演说。

他因为黄任之先生一再替他宣布他非但主张裁兵并且早已实行裁兵，所以不得不将当时实况叙述一下，“其实也算不得一回事的，黄先生未免过誉了。”

我向来从军时多，为学日少，近二三年不在军营，间或听人演讲，始对于学问稍有一知半解的见识，什么事就容易弄糟。好在我今天所讲，只是些断片的过去事实，无关于学问。察哈尔大地数千里，绝少水草树木，间有一树之地，土人即以“一颗树”为地名。种植之事，多少年来，无人讲究。我那时办“屯垦队”，并没有含着什么高深学理，只是在旧书中剽取了一点移民实边和寓兵于农的旧观念。我也并没有化兵为农的意思，身在军营当然以兵为重，故仍用屯垦队这个名目，并不专事垦牧。当时我在东三省徐东海手下当差事，大约的计划了一下，后来周少樸巡抚吉林，继续办理，然无大效，前安徽督军倪嗣冲甚至于因此革职永不叙用。现在，我将这已经过去了的屯垦队大略说一说。屯垦队每队百人，枪一百杆，选定以后，叫他们向北自由领地。不过，地愈北而内地人愈少，赤塔以北竟没有人敢再上去了。兵必须都有家眷，所以更非有大资本不可。照我当年办理的情形，房子是给他们起好的，每兵领两间，目领三间；房子旁边凿井，四面则留为空地，既可种植，又可操练。皮衣是四季不能免的，也要给他们置办好。但是，我办理时间太短，统共不过二年余，已办成的只有三队。当时的制度，在现在看来，似乎太严了一点。我把他们的精神力气，都当作我自己的那样计算，每天规定的作工时间是十一小时，所以结果他们太劳乏了。如果现在再要办理起来，经费似乎应该稍微增加一点，大约从前办三队的钱，现在只能办二队，每队的经费约计二万五千元乃至三万元。那时，我还与铁路上办好交涉，车费可以打点折扣。其余小节，此刻也不便多说，诸君如要举办，我可以将当时的图样及计划书等件找出来，或者可以供诸位参考。不过，人的脾气都是一样，失败的事，一提起来，就要伤心，所以那些图样之类，三年来竟不曾重行翻阅。至于我对于农业，全是外行，但关于肥料，我要讲一段故事，诸君或可以当作笑话听。从前东三省有个农事试验场，讲究肥料，说要美国什么省所出什么颜色的牛的牛粪才能合用，那时的劝业道乃特派人员往美国购买，听说虽然路上死了几头，但多数真是运到东三省的。这种故事听去似乎可笑，但是，无论为学，无论办事，我以为必要有一点这种呆气。有的是不自觉，有的是明知道的，但是，事业的成功，比那些自以为没有呆气的聪明人都要特别伟大。

统篇都是切切实实的叙述，没有一句浮泛话，我也没有一句乖谬的议论。这种清楚的演讲，我以为就在他所视为“大文学家”的当中，也并不多见。平常的看法必以为读书人总该比不读书的人明白，但我觉得这件事毫无把握。聚一百个不读过书的人于一处，仔细考验起来，当中不会连一个明白人也没有吧。而一百个读书人当中，求其明白者恐也不过一人。如果把读书的意义扩充一点当作受教育讲，当作研究学问，经历世务讲，那么他的几数当然可以比狭义的读书大得多，但也须看他受的是什么教育，研究的是什么学问，经历的是什么世务。许多人被“子曰”弄得傻头傻脑了，许多人被教育弄得像一具机械了，许多人被世故磨炼得连志气都没有了。田中玉只是在十几岁时受过一点旧式的教育，然而，我看他头脑的清晰，简直驾好些个欧美留学生而上之。这类事常使我怀疑，而且有时竟使我不得不减少对于教育的信仰。但这当中的问题非常复杂，决不是三言两语可以解决得了的。

这且莫论，我只说给我印象很深的人物，田中玉君总要算作第二位。

四

上述二君以外，给我印象很深的，还有一位半，一位是王君伯秋，半位是张君士一。

王君是劝过胡适之君“读书读政治，演说演政治，做事做政治（不是做官，是做政治运动）”的，依我从前主观的见解，若根据这几句话评判，他这位先生一定是大谬的。且莫论劝人遽尔改换行业，不能不说他于友道有亏，且在事实上，要教胡先生家中的五千分之四千九百九十九分的非政治书，暂时搁落冷宫让蠹鱼享用，试想这是一回什么事？

但是，这次见面以后，知道王君实在是一个思想很缜密，头脑很清楚的学者。他至高等教育组提出一个“创办青岛大学”的议案，提案原文虽然简短，但他在议席上详细说明，几历一小时之久，关于青岛教育的调查表多至十数种。此外，如改良法专一案，考虑很周到，并声明自己是法专一分子，深知各处法专内幕，即不能一时废止，亦非立时改良不可。只这数点，我已非常佩服。再加上许多次的谈话，几乎令我把“读书读政治，演说演政治，做事做政治”这件事根本忘记了，因此，虽然见面了多少回，却终于没有提到这一点。但是，有一点应该注意，无论如何思想缜密、头脑清楚的学者，谬论是大都不能免的。我们决不能因为他发了几句谬论，便承认这个人的全部议论都是谬论；也决不能因为在好几件事实上观察出他是思想缜密头脑清楚，便担保这个人万不至于偶然发一二句谬论。

这是王君此次给我的印象，大大的改正了我以前的印象的。

至于张君，从前的议论似乎更谬了。他说过“现在社会上还需要汉字，并不需要注音字母。”他也主张用京话作国语，这些谬误都是显而易见的。他还没有懂得：在不识字的人看来，汉字与注音字母，是同一意义的。他说“社会上并不需要注音字母，”其实社会上何尝需要汉字！照他的调子，我们也可以说，“现在社会上还需要结绳，并不需要汉字”，那么，我们应该废除汉字恢复结绳么？他对于现有的注音字母总要做冤家到底了。但这一回，他却略微放弃一点“社会上并不需要注音字母”的主张，在国语组提议用科学方法另造注音字母。他以为注音字母是需要的了，不过，现在的注音字母太不好，应该用科学方法重新造过。议案原文真简单到令人诧异，其理由与办法项下，一共只有十数行文字，理由是注音字母不合科学方法，办法是用科学方法重新造过——差不多依着主文做了几句文章就是了。

他又主张用京话作国语。京话是什么？当然是北京人所说的话，但是北京人这个范围是非常广大，北京人所说的话这个范围也非常广大。照北京市自治会的章程，我就是个北京人，我的话也就是北京话。但我的话与北京老妈子的话相差还远，不知张君所谓北京话，是指我的话呢，还是老妈子的话呢？难道张君所指的北京人，不是合乎自治章程的北京人，而是丁惟忠所说的北京土著，必有祖宗坟墓在京而自身又在北京生长的人才合格吗？这一来困难更层出不穷了。凡是熟悉北京情形的，都知道北京城里的土著是年复一年的减少，这个原因有好几层。第一，是年来外省旅京的人的乡土观念逐渐淡薄了。从极细小的地方，也可以看出这种趋势。例如，大门的牌子上，从前为“天津徐寓”“湘江王寓”的，现在每每单写“徐寓”“王寓”了。这种趋势下面含着的经济上的意义，就是从前只是租房子居住，早晚预备回籍的，现在都改而为买房子居住了。第二，有买房子的人，对面自然还有那卖房子的人，卖房子的人自然多半是北京土著。他们在卖房子的时候，心理上只有贪图重价这一个观念，得价后他们都跑到乡间去另外买便宜的房子居住，却决没有想到丁惟忠君会来主张只有他们才够得到北京市民的资格，也决没有想到张士一君会主张只有他们的话才能够得到做国语的资格。张士一君如果一定要用他们的话作国语，而事实上他们现在已经变为北京城外的乡下人了，然则张君非把他的根本主张改作“必须北京乡下人的话才配作国语”不可。张君如果说一定要北京市内的人，那么，我又合格了；但是我要警告各位聘请国语教员的先生们，千万别上了我的当，倘请我去当国语教员，我的京话只是一口老绍兴话。所以我的意思以为，以官话作国语即可，以京话作国语则不可。官话与国语，只是名称不同，实际上是一个东西。国音字典的读音就是官话的读音，也就是国语的读音。北京的土著，也承认这个话是官话，只有这个话可以做国语。但万料不到不是北京土著的张一君却偏喜欢那一口北京土话。

老发这种谬论的张君，我以为其态度一定更是谬不可当的了，但据国语组里的多数先生们告我，他的态度却是非常之好。陈颂平君给他四个字的批语叫做有论无争。他提出的议案，经大家讨论之后，他自己愿意把原案撤回。他是陈颂平君的学生，陈君在散会后非常称许他，以为除了他的主张以外，他的态度是万分难得的。

可惜我实在为编辑日刊的事物忙得要死，没有工夫去托陈君介绍与他见面畅谈一回，所以张君给我的印象只能算作半位。

除了上述三位半先生的印象，在散会以后还是萦绕在我的脑际以外，其余大大小小的人物的举止言动，我细捡起来，留着的影子或是轻描淡写的，或是稀里糊涂的，都没有拿出来晒在白金纸上留作纪念的价值了。

五

中华教育改进社年会的事务所，设在“督办鲁案善后事宜公署”内，这地方最先是德国兵营，后来又做过日本兵营，新近始改为督办公署。除留出一部分他们自用外，六所房屋都借给改进社做事务所与宿舍。第一舍最大，是从前的兵房，改进社事务所即设在楼下，楼上及其他五所房屋，均为宿舍。宿舍房子宽大，至少可容三四人，多者且容八九人。聚十四省教育界同志于一处，是极难得的机会，所以大家互相访问，夜以继日。我们这一间房屋，是七个人合住的，七个人的朋友来往，其热闹是可想而知了。有时我在夜半十二时许编辑完了回舍，满室的人还正闹的起劲，我想这可见合住之不妥当，何等妨害我的睡眠呵，讵知等一会我自己的友人也来了，又同样的妨害别人的睡眠了。睡眠，是没有人敢提起的。夜深人静，在宿舍中是没有这回事的。比较的静一点，要算两点半到三点半这一个钟头。要睡的人，便勉强在这一个钟头中安睡。

因欠缺睡眠的缘故，而我的精神有点恍惚了。我想：山东人这样周到的招待我们，我们是非常感激的。大家都说，我们是客人，他们是主人，但是招待最辛苦的，我想莫过于室中的听差和街上的车夫了，他们也是山东人。我们对于这种人有没有主客的关系？他们也是我们的主人吗？我们也是他们的客人吗？再说，我们带去的听差，对于山东人的名分是怎样呢？山东人欢迎我们的时候，我们是不参与的，那么，他们对于山东人是不算客人了。我从此明白，人类中有这样一种永远不作客人也永远不作主人的人。

我们室中的听差，恐怕还是新从乡间来的，他的举动也永远不能使我忘记的了。整天在楼板上泼水，楼上的灰尘本来不泼也未必飞扬的，但楼下的灰尘恐怕不久就要往下掉了。临走给他一块钱，他几乎无所措手足，待往伙伴那里商量以后才收受的。

同学柳忠介君想要逛山东的窑子了。我这个精神恍惚的人于是又发生了问题。山东人刚则欢迎我们过的，难道我们就要嫖他们吗？山东妓女对于我们的关系怎样？嫖山东妓女算不算是嫖山东人？山东妓女是山东女人，这个说法大概是不错的。嫖山东妓女就是侮辱山东女人之一部分，大概也是不错的。山东人这样周到的欢迎我们，我们就侮辱他们女人的一部分吗？再说，嫖妓一面固然是侮辱他人，一面同时也侮辱自己，我们为什么要做侮辱他人同时也侮辱自己的事呢？经这一番的谬论，而柳君嫖妓之念也冷下去了。

六

因主客问题而又想到泰山上的轿夫了。逛泰山以三四月为最盛，像近日的气候与季节，泰安人是再也想不到我们会有一百七八十人去逛的。统共只有八十乘轿子，还是托县署代办来的，所以我们分作两队上山，每天一队。坐在轿子中我又痴想：我真对你们不起呵！逛了你们的泰山，还要你们抬着逛。希望将来你们来到北京，我也抬了你们逛西山去，此外，没有法子报答的了。

但是，上山一看，知道轿子实在可以不必用。这种宽阔路，虽然峻险一点，步行是决不会出毛病的。一用轿子可就不得不担心了。我下山时在平地上断了一根轿索，试想如果断在峻险处将怎样呢？

盘道以外，我以为不妨另造一条汽车路，将来能步行的走盘道，不能步行的乘汽车，汽车路上也不妨行人，都各听自己之便。不过好古的先生们或者又要说，一造汽车路则古趣全失了。但是我要回答他们，盘道也不是最古的东西。就是全座泰山也不是最古的东西。泰山在地质史上的年纪，比汽车在人类文明史上的年纪，幼稚的远远哩。

七

人谁不读过孔子书。故入孔子之庙，谒孔子之墓，而腰骨不酥酥的往下软者，想来是很少的吧。但自己要软，一个人去软也就算了，却偏要叫别人也跟着他们去软，我几乎要笑出来了。幸而周建侯君用极圆到的语调答复他们："大家不妨自由行礼吧！你们行完以后，我们再来行。"其实对于孔子的大部分学说，我们也未始不折我们的腰的，不过他们是对着烂泥的孔子，折他们皮肉的腰，我们是对着精神的孔子，折我们精神的腰就是了。

孔子墓前，当初大家都只是游览罢了，后来不知谁也发明了行礼。所幸我已走到旁的地方去了，没有受着西装赞礼员的指挥，一同卷入旋涡，只是远远的望着他们，好像秋熟的稻田里，被南风吹了三阵。吹完以后，又送来一阵娇滴滴的歌声。我几乎要这样想了："这许是他们正式承认自己是难养的表示吧！"但是终于没有想。

一九二二年七月

长安道上

开明先生：

在长安道上读到你的“苦雨”，却有一种特别的风味，为住在北京的人们所想不到的。因为我到长安的时候，长安人正在以不杀猪羊为武器，大与老天爷拼命，硬逼他非下雨不可。我是十四日到长安的，你写“苦雨”在十七日，长安却到二十一日才得雨的。不但长安苦旱，我过郑州，就知郑州一带已有两月不曾下雨，而且以关闭南门，禁宰猪羊为他们求雨的手段。一到渭南，更好玩了：我们在车上，见街中走着大队衣衫整洁的人，头上戴着鲜柳叶扎成的帽圈，前面导以各种刺耳的音乐。这一大群“桂冠诗人”似的人物，就是为了苦旱向老天爷游街示威的。我们如果以科学来判断他们，这种举动自然是太幼稚。但放开这一面不提，单论他们的这般模样，却令我觉着一种美的诗趣。长安城内就没有这样纯朴了，一方面虽然禁屠，却另有一方面不相信禁屠可以致雨，所以除了感到不调和的没有肉吃以外，丝毫不见其他有趣的举动。

我是七月七日晚上动身的，那时，北京正下着梅雨。这天下午我到青云阁买物，出来遇着大雨，不能行车，遂在青云阁门口等待十余分钟。雨过以后上车回寓，见李铁拐斜街地上干白，天空虽有块云来往，却毫无下雨之意。江南人所谓“夏雨隔灰堆，秋雨隔牛背”。此种景象年来每于此地见之，岂真先生所谓“天气转变”欤？从这样充满着江南风味的北京城出来，碰巧沿着黄河往“陕半天”去，私心以为必可躲开梅雨，摆脱江南景色，待我回京时，已是秋高气爽的了。而熟知大不然，从近日寄到北京报上，知道北京的雨水还是方兴未艾，而所谓江南景色，则凡我所经各地，又是满眼皆然。火车出直隶南境，就见两旁田地，渐渐腴润。种植的是各物具备，有花草、有树木、有庄稼，是冶森林花园田地于一炉，而乡人庐舍，即在这绿色丛中，四处点缀，这不但令人回想江南景色，更令人感到黄河南北，竟有胜过江南景色的了。河南西部连年匪乱，所经各地以此为最枯槁，一入潼关便又有江南风味了。江南的景色，全点染在一个平面上，高的无非是山，低的无非是水而已，决没有如河南陕西一带，即平地而亦有如许起伏不平之势者。这黄河流域的层层黄土，如果能经人工布置，秀丽必能胜江南十倍。因为所差只是人工，气候上已毫无问题，凡北方所不能种植的树木花草，如丈把高的石榴树，一丈高的木槿花，白色的花与累赘的实，在西安到处皆是，而在北地是得未曾见的。

自然所给予他们的并不甚薄，而陕西人因为连年兵荒，弄得活动的能力几乎极微了。原因不但在民国后的战争，历史上从五胡乱华起一直到清末回民之乱，几乎每代都有大战，一次一次的斫丧陕西人的元气，所以陕西人多是安静、沉默、和顺的；这在智识阶段，或者一部分是关中的累代理学家所助成的也未可知，不过，劳动阶段也是如此：洋车夫、骡车夫等，在街上互相冲撞，继起的大抵是一阵客气的质问，没有见过恶声相向的。说句笑话，陕西不但人们如此，连狗们也如此。我因为怕中国西部地方太偏僻，特别预备两套中国衣服带去，后来知道陕西的狗如此客气，终于连衣包也没有打开，并深悔当时以小人之心度君子之腹（北京尝有目我为日本人者，见陕西之狗应当愧死）。陕西人以此种态度与人相处，当然减少许多争斗，但用来对付自然，是绝对的吃亏的。我们赴陕的时候，火车只能由北京乘至河南陕州，从陕州到潼关，尚有一百八十里黄河水道，可笑我们一共走了足足四天。在南边，出门时常闻人说“顺风！”这句话我们听了都当作过耳春风，谁也不去理会话中的意义；到了这种地方，才顿时觉悟所谓“顺风”者有如此大的价值，平常我们无非托了洋鬼子的宏福，来往于火车轮船能达之处，不把顺风逆风放在眼里而已。

黄河的河床高出地面，一般人大都知道，但这是下游的情形，上游并不如此。我们所经陕州到潼关一段，平地每比河面高出三五丈，在船中望去，似乎两岸都是高山，其实山顶就是平地。河床是非常稳固，既不会泛滥，更不会改道，与下流情势大不相同。但下流之所以淤塞，原因还在上流。上流的两岸，虽然高出河面三五丈，但土质并不坚实，一遇大雨，或遇急流，河岸泥壁，可以随时随地，零零碎碎的倒下，夹河水流向下游，造成河床高出地面的危险局势；这完全是上游两岸没有森林的缘故。森林的功用，第一可以巩固河岸，其次最重要的，可以使雨水入河之势转为和缓，不至挟黄土以俱下。我们同行的人，于是在黄河船中，仿佛“上坟船里造祠堂”一般，大计画黄河两岸的森林事业。公家组织，绝无希望，故只得先借助于迷信之说，云能种树一株者增寿一纪，伐树一株者减寿如之，使河岸居民踊跃种植。从沿河种起，一直往里种去，以三里为最低限度。造林的目的，本有两方面：其一是养成木材，其二是造成森林。在黄河两岸造林，既是困难事业，灌溉一定不能周到的，所以选材只能取那易于长成而不需灌溉的种类，即白杨、洋槐、柳树等等是已。这不但能使黄河下游永无水患，简直能使黄河流域尽成膏腴，使古文明发源之地再长新芽，使中国顿受一个推陈出新的局面，数千年来梦想不到的“黄河清”也可以立时实现。河中行驶汽船，两岸各设码头，山上建筑美丽的房屋，以石阶达到河边，那时，坐在汽船中凭眺两岸景色，我想比现在装在白篷帆船中时，必将另有一副样子。古来文人大抵有治河计划，见于小说者如《老残游记》与《镜花缘》中，各有洋洋洒洒的大文。而实际上治河官吏，到现在还墨守着“抢堵”两个字。上面所说也无非是废话，看作“上坟船里造祠堂”可也。

我们回来的时候，除黄河以外，又经过渭河。渭河横贯陕西全省，东至潼关，是其下游，发源一直在长安咸阳以上。长安方面，离城三十里，有地曰草滩者，即渭水流经长安之巨埠。从草滩起，东行二百五十里，抵潼关，全属渭河水道。渭河虽在下游，水流是不甚急，故二百五十里竟走了四天有半。两岸也与黄河一样，虽间有村落，但不见有捕鱼的。殷周之间的渭河，不知是否这个样子，何以今日竟没有一个渔人影子呢？陕西人的性质，我上面大略说过，渭河两岸全是陕人，其治理渭河的能力盖可想见，我很希望陕西水利局长李宜之先生的治渭计划一旦实行，陕西的局面必将大有改变，即陕西人之性质亦必将渐由沉静的变为活动的，与今日大不相同了。但据说陕西与甘肃较，陕西还算是得风气之先的省份。陕西的物质生活，总算低到极点了，一切日常应用的衣食工具，全须仰给于外省，而精神生活方面，则理学气如此其重，已尽够使我惊叹了；但在甘肃，据云物质的生活还要降低，而理学的空气还要严重哩。夫死守节是极普通的道德，即十几岁的寡妇也得遵守，而一般苦人的孩子，十几岁还衣不蔽体，这是多么不调和的现象！我劝甘肃人一句话，就是穿衣服，给那些苦孩子们穿衣服。

但是“穿衣服”这句话，我却不敢用来劝告黄河船上的船夫。你且猜想，替我们摇黄河船的，是怎么样的一种人。我告诉你，他们是赤裸裸一丝不挂的。他们紫黑色的皮肤之下，装着健全的而又美满的骨肉。头发是剪了的，他们只知道自己的舒适，决不计较“和尚吃洋炮，沙弥戳一刀，留辫子的有功劳”这种利害。他们不屑效法辜汤生先生，但也不屑效法我们。什么平头、分头、陆军式、海军式、法国式、美国式，于他们全无意义。他们只知道头发长了应该剪下，并不想到剪剩了的头发上还可以翻腾种种花样。鞋子是不穿的，所以他们的五个脚趾全是直伸，并不像我们从小穿过京式鞋子，这个脚趾压在那个脚趾上，那个脚趾又压在别个脚趾上。在中国，画家要找一双脚的模特儿就甚不容易，吴新吾先生遗作“健”的一幅，虽然在“健”的美名之下，而脚趾尚是架床叠屋式的，为世诟病，良非无因。而我们竟于困苦旅行中无意得之，真是“不亦快哉”之一。我在黄河船中，身体也练好了许多，例如，平常必掩窗而卧，船中前后无遮蔽，居然也不觉有头痛身热之患。但比之他们仍是小巫见大巫。太阳还没有工作，他们便作工了，这就是他们所谓“××看不见便开船”。这时候，他们就是赤裸裸不挂一丝的，倘使我们当之，恐怕非有棉衣不可。烈日之下，我们一晒着便要头痛，他们整天的晒着，似乎并不觉得。他们的形体真与希腊的雕像毫无二致，令我们钦佩到极点了。我们何曾没有脱去衣服的勇气，但是羞呀，我们这种身体，除了配给医生看以外，还配再给谁看呢？还有脸面再见这样美满发达的完人吗？自然，健全的身体是否宿有健全的精神，是我们要想知道的问题。我们随时留心他们的知识。当我们回来时，舟行渭水与黄河，同行者三人，据船夫推测我们的年龄是：我最小，“大约一二十岁，虽有胡子，不足为凭”。夏浮筠先生“虽无胡子”但比我大，总在二十以外。鲁迅先生则在三十左右了。次序是不猜错的，但几乎每人平均减去了二十岁。这因为病色近于少年，健康色近于老年的缘故，不涉他们的知识问题。所以我们看他们的年纪，大抵都是四十上下，而不知内有六十余者，有五十余者，有二十五者，有二十者，亦足见我们的眼光之可怜了。二十五岁的一位，富于研究的性质，我们叫他为研究系（这又是我们的不是了）。他除了用力摇船拉纤以外，有暇便踞在船头或船尾，研究我们的举动。夏先生吃苏打水，水浇在苏打上，如化石灰一般有声，这自然被认为魔术。但是，魔术性较少的，他们也件件视为奇事。一天，夏先生穿汗衫，他便凝神注视，看他两手先后伸进袖子去，头再在当中的领窝里钻将出来。夏先生问他“看什么”，他答道，“看穿衣服”。可怜他不知道中国文里有两种“看什么”，一种下面加“惊叹号”的是“不准看”之意，又一种下面加“疑问号”的才是真的问看什么。他竟老老实实的答说“看穿衣服”了。夏先生问“穿衣服都没有看见过吗?”他说“没有看见过”。知识是短少，他们的精神可是健全的。至于物质生活，那自然更低陋。他们看着我们把铁罐一个一个的打开，用筷子夹出鸡肉鱼肉来，觉得很新鲜，吃完了把空罐子给他们又是感激万分了。但是，我的见识，何尝不与他们一样的低陋：船上请我们吃面的碗，我的一只是浅浅的，米色的，有几笔疏淡的画的，颇类于出土的宋瓷，我一时喜欢极了，为使将来可以从他唤回黄河船上生活的旧印象起见，所以问他们要来了，而他们的豪爽竟使我惊异，比我们抛弃一个铁罐还要满不在乎。

游陕西的人第一件想看的必然是古迹。但是，我上面已经说过，累代的兵乱把陕西人的民族性都弄得沉静和顺了，古迹当然也免不了这同样的灾厄。秦都咸阳，第一次就遭项羽的焚毁。唐都并不是现在的长安，现在的长安城里几乎看不见一点唐人的遗迹。只有一点：长安差不多家家户户，门上都贴诗帖画，式如门对而较短阔，大抵共有四方，上面是四首律诗，或四幅山水等类，是别处没有见过的，或者还是唐人的遗风吧。至于古迹，大抵模糊得很，例如，古人陵墓，秦始皇的只是像小山那么一座，什么痕迹也没有，只凭一句相传的古话，周文武的只是一块毕秋帆题的墓碑，他的根据地无非是一句相传的古话。况且陵墓的价值，全在有系统的发掘与研究。现在只凭传说，不求确知墓中究竟是否秦皇汉武，而姑妄以秦皇汉武崇拜之，即使有认贼作父的嫌疑也不在意。无论在知识上、感情上，这种盲目的崇拜都是无聊的。适之先生常说，孔子的坟墓总得掘他一掘才好，这一掘也许能使全部哲学史改换一个新局面，但是，谁肯相信这个道理呢？周秦的坟墓自然更应该发掘了。现在所谓的周秦坟墓，实际上是不是碑面上所写的固属疑问，但也是一个古人的坟墓是无疑的。所以发掘可以得到两方面的结果，一方是存心要发掘的，一方是偶然掘着的。但谁有这样的兴趣，又谁有这样的胆量呢？私人掘着的，第一是目的不正当，他们只想得钱，不想得知识，所以把发掘古坟看作掘藏一样，一进去先将金银珠玉抢走，其余土器石器，来不及带走的，便胡乱搬动一番，重新将坟墓盖好。现在发掘出来，见有乱放瓦器石器一堆者，大抵是已经古人盗掘的了。大多数人的意见，既不准有系统的发掘，而盗掘的事，又是自古已然，至今而有加无已。结果古墓依然尽被掘完，而知识上一无所得的。国人既如此不争气，世界学者为替人类增加学问起见，不远千里而来动手发掘，我们亦何敢妄加坚拒呢？陵墓而外，古代建筑物，如大小二雁塔，名声虽然甚为好听，但细看他的重修碑记，至早也不过是清之乾嘉，叫人如何引得起古代的印象？照样重修，原不要紧，但看建筑时大抵加入新鲜分子，所以一代一代的去真愈远。就是函谷关这样的古迹，远望去也已经是新式洋楼气象。从前绍兴有陶六九之子某君，被县署及士绅嘱托，重修兰亭屋宇。某君是布业出身，存业会馆是他经手建造的，他又很有钱，决不会从中肥己，成绩宜乎甚好了；但修好以后一看，兰亭完全变了布业会馆的样子，邑人至今为之惋惜。这回我到西边一看，才知道天下并非只有一个陶六九之子，陶六九之子到处多有的。只有山水，恐怕不改旧观，但曲江灞浐，已经都有江没有水了。渡灞大桥，即是灞桥，长如绍兴之渡东桥，阔大过之，虽是民国初年重修，但闻不改原样，所以古气盎然。山最有名者为华山。我去时从潼关到长安走旱道经过华山之下，回来又在渭河船上望了华山一路。华山最感人的地方，在于他的一个"瘦"字；他的瘦真是没有法子形容，勉强谈谈，好像是绸缎铺子里的玻璃柜里，瘦骨伶仃的铁架子上，披着一匹光亮的绸缎。他如果是人，一定是耿介自守的，但也许是鸦片大瘾的。这或者就是华山之下的居民的象征吧。古迹虽然游的也不甚少，但大都引不起好感，反把从前的幻想打破了。鲁迅先生说，看这种古迹，好像看梅兰芳扮林黛玉，姜妙香扮贾宝玉，所以本来还打算到马嵬坡去，为避免看后的失望起见，终于没有去。

其他，我也到卧龙寺去看了藏经。说到陕西，人们就会联想到圣人偷经的故事。如果不是半年前有圣人去偷经，我这回也未必去看经吧。卧龙寺房屋甚为完整，是清慈禧太后西巡时重修的，距今不过二十四年。我到卧龙寺的时候，方丈定慧和尚没有在寺，我便在寺内闲逛。忽闻西屋有孩童诵书之声，知有学塾，乃进去拜访老夫子。分宾主坐下以后，问知老夫子是安徽人，因为先世宦游西安，所以随侍在此，前年也曾往北京候差，住在安徽会馆，但终不得志而返。谈吐非常文雅，而衣服则褴褛已极：大褂是赤膊穿的，颜色如用酱油煮过一般，好几颗纽扣都没有搭上；虽然拖着破鞋，但是，没有袜子的；嘴上两撇清秀的胡子，圆圆的脸，但不是健康色——这时，内室的鸦片气味一阵阵的从门帷缝里喷将出来，越加使我了解他的脸色何以黄瘦的原因。他只有一个儿子在身边，已没有了其他眷属。我问他："自己教育也许比上学堂更好吧？"他连连的答说，"也不过以子代仆，以子代仆！"桌上摊着些字片画片，据他说是方丈托他捕描完整的，他大概是方丈的食客一流。他不但在寺里多年，熟悉寺内的一切传授系统，即与定慧方丈也是非常知己，所以他肯引导我到各处参观。藏经共有五柜，当初制柜是全带抽屉的，制就以后始知安放不下，遂把抽屉统统去掉，但去掉以后又只能放满三柜，所以两柜至今空着。柜门外描有金彩龙纹，四个大金字是"钦赐龙藏"。花纹虽尚清晰，但这五个柜确是经过祸难来的：最近是道光年间寺曾荒废，破屋被数个戏班作寓，藏经虽非全被损毁，但零落散失了不少；咸同间，某年循旧例于六月六日晒经，而不料是日下午忽有狂雨，寺内全体和尚一齐下手，还被雨打得半干不湿，那时老夫子还年轻，也帮同搬着的。但经有南北藏之分，南藏纸质甚好，虽经雨打，凉了几天也就好了；北藏却从此容易受潮，到如今北藏比南藏还差逊一筹。虽说宋代藏经，其实，只是宋版明印，不过，南藏年代较早，是洪武时在南京印的。北藏较晚，是永乐时在北京印的。老夫子并将南藏缺本，郑重的交我阅看，知纸质果然坚实，而字迹也甚秀丽。怪不得圣人见之，忽然起了邪念。我此次在陕，考查盗经情节，与报载微有不同。报载追回地点云在潼关，其实刚刚装好箱箧，尚未运出西安，即被陕人扣留。但陕人之以家藏古玩请圣人品评者，圣人全以“谢谢”二字答之，就此收下带走者为数亦甚不少。有一学生投函指摘圣人行检，圣人手批“交刘督军严办”字样。圣人到陕，正在冬季，招待者问圣人说：“如缺少什么衣服，可由这边备办”。圣人就援笔直书，开列衣服单一长篇，内计各种狐皮袍子一百几十件云。陕人之反对偷经最烈者，为李宜之、杨叔吉二先生。李治水利，留德学生，现任水利局长；杨治医学，留日学生，现任军医院军医。二人性情均极和顺，言谈举止，沉静而又委婉，可为陕西民族性之好的一方面的代表。而他们对于圣人，竟亦忍无可忍，足见圣人举动，必有太令人不堪的了。

陕西艺术空气的厚薄，也是我所要知道的问题。门上贴着的诗画，至少给我一个当前的引导。诗画虽非新作，但笔致均楚楚可观，决非市井细人毫无根柢者所能办。然仔细研究，此种作品，无非因袭旧套，数百年如一日，于艺术空气全无影响。唐人诗画遗风，业经中断，而新芽长发，为时尚早。我们初到西安时，见招待员名片中，有美术学校校长王先生者，乃与之接谈数次。王君年约五十余，前为中学几何画教员，容貌清秀，态度温和，而颇喜讲论。陕西教育界现况，我大抵即从王先生及女师校长张先生处得来。陕西因为连年兵乱，教育经费异常困难，前二三年，有每年只能领到七八个月者，或半年者，但近来秩序渐渐恢复，已有全发之希望。只要从今以后，三两年不动兵戈，一方实行省长所希望的农兵工各事业，一方赶紧兴修陇海路陕州到西安铁道，则不但教育实业将日有起色，即关中人的生活状态亦将大有改变，而艺术空气，或可藉以加厚。我与王先生晤谈以后，颇欲乘暇参观美术学校。一天，偕陈定谟先生出去闲步，不知不觉到了美术学校门口，我提议进去参观，陈先生也赞成。一进门，就望见满院花草，在这花草丛中，远处矗立着一所刚造未成的教室，虽然材料大抵是黄土，这是陕西受物质的限制，一时没有法子改良的，而建筑全用新式，于以证明已有人在这环境的可能状态之下，致力奋斗。因值星期，且在暑假，校长王君没有在校，出来应答的是一位教员王君。从他这里，我们得到许多关于美术学校困苦经营的历史。陕西本来没有美术学校，自他从上海专科师范毕业回来，封至模先生从北京美术学校毕业回来，西安才有创办美术学校的运动。现在的校长，是王君在中学时期的教师，此次王君创办此校，乃去邀他来作校长。学校完全是私立的，除靠所入学费以外，每年得省署些须资助。但办事人真能干事。据王君说，这一点极少的收入，不但教员薪水，学校生活费用，完全仰给于它，还要省下钱来，每年渐渐的把那不合学校之用的旧校舍，局部的改换新式。教员的薪水虽然甚少，仅有五角钱一小时，但从来没有欠过，新教室已有两所，现在将要落成的是第三所了。学校因为是中学程度，而且目的是为养成小学的美术教师的，功课自然不能甚高。现有图画、音乐、手工三科，课程大抵已臻美备。图画、音乐各有特别教室，照这样困苦经营下去，陕西的艺术空气，必将死而复苏，薄而复厚，前途的希望是甚大的。所可惜者，美术学校尚不能收女生。据王君说，这个学校的前身，是一个速成科性质，曾经毕过一班业，其中也有女生的，但甚为陕西人所不喜，所以从此不敢招女生了。女师校长张先生说，女师学生尚有一部分是缠足的，然则不准与男生同学美术，亦自是意中事了。

美术学校以外，最引我注目的艺术团体是“易俗社”。旧戏毕竟是高古的，平常人极不易懂。凡是高古的东西，懂得的大抵只有两种人，就是野人和学者。野人能在实际生活上得到受用，学者能用科学眼光来从事解释，于平常人是无与的。以宗教为例，平常人大抵相信一神教，唯有野人能相信荒古的动物崇拜等等，也唯有学者能解释荒古的动物崇拜等等。以日常生活为例，唯有野人能应用以石取火，也唯有学者能了解以石取火，平常人大抵擦着燐寸一用就算了。野人因为没有创造的能力，也没有创造的兴趣，所以恋恋于祖父相传的一切，学者因为富于研究的兴趣，也富于研究的能力，所以也恋恋于祖父相传的一切。我一方不愿为学者，一方亦不甘为野人，所以对于旧戏是到底隔膜的。隔膜的原因也很简单，第一，歌词大抵是古文，用古文歌唱教人领悟，恐怕比现代欧洲人听拉丁文还要困难；第二，满场的空气，被刺耳的锣鼓，震动得非常混乱，即使提高了嗓子，歌唱着现代活用的言语，也是不能懂得的；第三，旧戏大抵只取全部情节的一段，或前或后，或在中部，不能一定。而且一出戏演完以后，第二出即刻接上，其中毫无间断。有一个外国人看完中国戏以后，人家问他看的是什么戏，他说，“刚杀罢头的地方，就有人来喝酒了，这不知道什么戏”。他以为提出这样一个特点，人家一定知道什么戏的了，而不知杀头与饮酒也许是两出戏中的情节，不过，当中衔接得太紧，令人莫名其妙罢了。我对于旧戏既这样的外行，那么，我对于陕西的旧戏理宜不开口了，但我终喜欢说一说“易俗社”的组织。易俗社是民国初元张凤翙作督军时代设立的，到现在已经有十二年的历史。其间办事人时有变动，所以选戏的方针有时有变换，但为改良秦腔，自编剧本，是始终一贯的。现在的社长，是一个绍兴人，久官西安的，吕南仲先生。承他引导我们参观，并告诉我们社内组织：学堂即在戏馆间壁，外面是两个门，里边是打通的；招来的学生，大抵是初小程度，间有一字不识的，社中即授以初高小一切普通课程，而同时教练戏剧；待高小毕业以后，入职业特班，则戏剧功课居大半了。寝室、自修室、教室具备与普通学堂一样，有花园，有草地，空气很是清洁。学膳宿费是全免的，学生都住在校中。演戏的大抵白天是高小班，晚上是职业班。所演的戏，大抵是本社编的，或由社中请人编的，虽于腔调上或有些许的改变，但由我们外行人看来，依然是一派秦腔的旧戏。戏馆建筑是半新式的，楼座与池子像北京之广德楼，而容量之大过之；舞台则为圆口而旋转式，并且时时应用旋转；亦有布景，唯稍简单；衣服有时亦用时装，唯演时仍加歌唱，如庆华园之演“一念差”，不过唱的是秦腔罢了。有旦角大小刘者，大刘曰刘迪民，小刘曰刘箴俗，最受陕西人赞美。易俗社去年全体赴汉演戏，汉人对于小刘尤为倾倒，有东梅西刘之目。张辛南先生尝说：“你如果要说刘箴俗不好，千万不要对陕西人说，因为陕西人无一不是刘党”。其实，刘箴俗演得的确不坏，我与陕西人是同党的。至于以男人而扮女子，我也与夏浮筠、刘静波诸先生一样，始终持反对的态度，但那是根本问题，与刘箴俗无关。刘箴俗三个字，在陕西人的脑筋中，已经与刘镇华三个字差不多大小了，而刘箴俗依然是个好学的学生。我在教室中，成绩榜上，都看见刘箴俗的名字。这一点我佩服刘箴俗，更佩服易俗社办事诸君。易俗社现在已经独立得住，戏园的收入竟能抵过学校的开支而有余，宜乎内部组织有条不紊了。但易俗社的所以独立得住，原因还在于陕西人爱戏剧的性习。西安城内，除易俗社而外，尚有较为旧式的秦腔戏园三、皮黄戏园一，票价也并不如何便宜，但总是满座的。楼上单售女座，也竟没有一间空厢，这是很奇特的。也许是陕西连年兵乱，人民不能安枕，自然养成了一种“子有酒食，何不日鼓瑟，且以喜乐、且以永日”的人生观。不然，就是陕西人真正爱好戏剧了。至于女客满座，理由也甚难解。陕西女子的地位，似乎是极低的，而男女之大防又是极严。一天我在“新秦日报”（陕西省城的报纸共有四五种，样子与“越铎日报”“绍兴公报”等地方报差不多，大抵是二号题目，四号文字，销数总在一百以外，一千以内，如此而已）上看见一则甚妙的新闻，大意是：离西安城十数里某乡村演剧，有无赖子某某，向女客某姑娘接吻，咬伤某姑娘嘴唇，大动众怒，有卫戍司令部军人某者，见义勇为，立将佩刀拔出，砍下无赖子首级，悬挂台柱上，人心大快。末了撰稿人有几句论断更妙，他说这真是快人快事，此种案件如经过法庭之手，还不是与去年某案一样含糊了事，任凶犯逍遥法外吗？这是陕西一部分人的道德观念、法律观念、人道观念。城里礼教比较的宽松，所以妇女竟可以大多数出来听戏，但也许因为相信城里没有强迫接吻的无赖。

陕西的酒是该记的。我到潼关时，潼人招待我们的席上，见到一种白干似的酒，气味比白干更烈，据说叫做“凤酒”，因为是凤翔府出的。这酒给我的印象甚深，我还清清楚楚的记得，酒壶上刻着“桃林饭馆”字样，因为潼关即古“放牛于桃林之野”的地方，所以饭馆以此命名的。我以为陕西的酒都是这样猛烈的了，而孰知并不然。凤酒以外，陕西还有其他的酒，都是和平的。仿绍兴酒制的南酒有两种，“甜南酒”与“苦南酒”。苦南酒更近于绍兴，但如坛底的浑酒，是水性不好，或手艺不高之故。甜南酒则离南酒甚远，色如“五加皮”，而殊少酒味。此外尚有“酬酒”一种，色白味甜，性更和缓，是长安名产，据云“长安市上酒家眠”就是饮了酬酒所致。但我想酬酒即使饮一斗也是不会教人眠的，李白也许是饮的“凤酒”吧。故乡有以糯米作甜酒酿者，做成以后，中有一洼，满盛甜水，俗曰“蜜勤股”盖酬酒之类也。除此四种以外，外酒入关，几乎甚少。酒类运输，全仗瓦器，而沿途震撼，损失必大。同乡有在那边业稻香村一类店铺者，但不闻有酒商足迹。稻香村货物，比关外贵好几倍，五星啤酒售价一元五角，万寿山汽水一瓶八角，而尚无可赚，路中震坏者多也。

陕西语言本与直鲁等省同一统系，但初听亦有几点甚奇者。途中听王捷三先生说“汽费”二字，已觉诧异，后来凡见陕西人几乎无不如此，才知道事情不妙。盖西安人说 S，有一大部分代以 F 者，宜乎汽水变为“汽费”，读书变为“读甫”，暑期学校变作“夫期学校”，省长公署变作“省长公府”了。一天同鲁迅先生去逛古董铺，见有一个石雕的动物，辨不出是什么东西，问店主，则曰“夫”。这时候我心中乱想：犬旁一个夫字吧，犬旁一个甫字吧，豸旁一个富字吧，豸旁一个付字吧，但都不像。三五秒之间，思想一转变，说他所谓ㄈㄨ者也许是ㄙㄨ吧，于是我的思想又要往豸旁一个苏字等处乱钻了，不提防鲁迅先生忽然说出，“呀，我知道了，是鼠。”但也有近与S之音而代以F者，如“船”读为“帆”，“顺水行船”，读为“奋费行帆”，觉得更妙了。S与F的捣乱以外，还有稍微与外间不同的，是D音都变为ds，T音变为ts，所以“谈天”近乎“谈千”，“一定”近乎“一禁”，姓“田”的人自称近乎姓“钱”，初听都是很特别的。但据调查，只有长安如此，外州县就不然。刘静波先生且说：“我们渭南人，有学长安口音者，与学长安其他时髦恶习一样的被人看不起。”但这种特别之处，都与交通的不便有关，交通的不便，影响于物质生活方面，是显而易见的。汽水何以要八毛钱一瓶呢？据说本钱不过一毛余，捐税也不过一毛余，再赚一毛余，四毛钱定价也可以卖了。但搬运的时候，瓶塞冲开与瓶子震碎者，辄在半数以上，所以要八毛钱了（长安房屋，窗上甚少用玻璃者，也是吃了运输的亏）。交通不便之影响于精神方面，比物质方面尤其重要。陕西人通称一切开通地方为“东边”，上海、北京、南京都在东边之列。我希望东边人的物质生活与精神生活的好的一部分，随着陇海路输入关中，关中必有产生较有价值的新文明的希望的。

陕西而外，给我甚深印象的是山西。我们在黄河船上，就听见关于山西的甚好口碑。山西在黄河北岸，河南在南岸，船上人总赞成夜泊于北岸，因为北岸没有土匪，夜间可以高枕无忧（我这次的旅行，使我改变了土匪的观念：从前以为土匪必是白狼、孙美瑶、老洋人一般的，其实北方所谓土匪，包括南方人所谓盗贼二者在内。绍兴诸嵊一带，近来也学北地时髦，时有大股土匪，掳人勒赎，有“请财神”与“请观音”之目，财神男票，观音女票，即快票也。但不把“贼骨头”计算在土匪之内。来信中所云“梁上君子”，在南边曰“贼骨头”，北地则亦属于土匪之一种，所谓黄河岸上之土匪者，贼而已矣）。我们本来打算从山西回来，向同乡探听路途，据说秦豫骡车可以渡河入晋，山西骡车不肯南渡而入豫秦，盖秦豫尚系未臻治安之省份，而山西则治安省份也。山西人之摇船与赶车者，从不知有为政府当差的义务，豫陕就不及了。山西的好处，举其荦荦大者，据闻可以有三：即一，全省无一个土匪；二，全省无一株鸦片；三，禁止妇女缠足。即使政治方针上尚有可以商量之点，但这三件已经有足多了。固然，这三件在江浙人看来，也是了无价值，但因为这三件的反面，正是豫陕人的缺点，所以在豫陕人的口碑上更觉有重大意义了。后来我们回京虽不走山西，但舟经山西，特别登岸参观（舟行山西河南之间，一望便显出优劣，山西一面果木森森，河南一面牛山濯濯）。上去的是永乐县附近一个村子，住户只有几家，遍地都种花红树，主人大请我们吃花红，在树上随摘随吃，立着随吃随谈，知道本村十几户共有人口约百人，有小学校一所，村中无失学儿童，亦无游手好闲之辈。临了我们以四十铜子，买得花红一大筐，在船上又大吃。夏浮筠先生说，便宜而至于白吃，新鲜而至于现摘，是生平第一次，我与鲁迅先生也都说是生平第一次。

陇海路经过洛阳，我们特为下来住了一天。早就知道，洛阳的旅店以“洛阳大旅馆”为最好，但一进去就失望，洛阳大旅馆并不是我想象中的洛阳大旅馆。放下行李以后，出到街上去玩，民政上看不出若何成绩，只觉得跑来跑去的都是妓女。古董铺也有几家，但货物不及长安的多，假古董也所在多有。我们在外面吃完晚饭以后匆匆回馆。馆中的一夜更难受了。先是东拉胡琴，西唱大鼓，同院中一起有三四组，闹得个天翻地覆。十一时余，“西藏王爷”将要来馆的消息传到了。这大概是班禅喇嘛的先驱，洛阳人叫做“到吴大帅里来进贡的西藏王爷”。从此人来人往，闹到十二点多钟，“西藏王爷”才穿了枣红宁绸红里子的夹袍翩然莅止。带来的翻译，似乎汉语也不甚高明，所以主客两面，并没有多少话。过了一会，我到窗外去偷望，见红里红外的袍子已经脱下，“西藏王爷”却御了土布白小褂裤，在床上懒懒的躺着，脚上穿的并不是怎样的佛鞋，却是与郁达夫君等所穿的时下流行的深梁鞋子一模一样。大概是夹袍子裹得太热了，外传有小病，我可证明是的确的。后来出去小便，还是由两个人扶了走的。妓女的局面静下去，“王爷”的局面闹了；“王爷”的局面刚静下，妓女的局面又闹了。这样一直到天明，简直没有睡好觉。次早匆匆的离开洛阳了，洛阳给我的印象，最深刻的只有“王爷”与妓女。

现在再回过头来讲“苦雨”。我在归途的京汉车上，见到久雨的痕迹，但不知怎样，我对于北方人所深畏的久雨，不觉得有什么恶感似的，正如来信所说，北方因为少雨，所以对于雨水没有多少设备，房屋如此，土地也如此。其实这样一点雨量，在南方真是家常便饭，有何水灾之足云。我在京汉路一带，又觉得所见尽是江南景色，后来才知道遍地都长了茂草，把北方土地的黄色完全遮蔽，雨量既不算多，现在的问题是在对于雨水的设备。森林是要紧的，河道也是要紧的。冯军这回出了如此大力，还在那里实做“抢堵”两个字。我希望他们“百尺竿头更进一步”，在水灾平定以后再做一番疏浚并沿河植树的功夫，则不但这回力气不算白花，以后可以一劳永逸了。

生平不善为文，而先生却以秦游记见勖，乃用偷懒的方法，将沿途见闻及感想，拉杂书之如右，敬请教正。

伏园

一九二四年七月

朝山记琐

一　朝山

人毕竟是由动物进化来的，所以各种动物的脾气还有时要发作，例如斯丹利霍尔说小孩子要戏水是因为鱼的脾气发作了。朝山这件事，在各派宗教里虽然都视为重要；但无论他们怎样用形而上的讲法说到天花乱坠，在我却不妨大杀风景的说一句：除了若干宗教信仰等等的分子以外，朝山不过是人的猴子脾气之发作。我们到妙峰山去的五个人当中，至少我自信是有些如此的。

我国西南一带的山水我没有见过，尝听朋友们讲述是怎样的秀丽伟大而又多变化，在国内大抵要算最好的了。东南我是大略知道的，比不上西南自不消说，但每谓比北方一定是比得上而且有余的。泰山算得上什么呢？在北方居然出了几千年的风头，我以为其余可想而知了。所以人在北方是不大会作游山之想的。自去年看见清瘦而又崇高的华山以后，虽然没有去游，但“北方之山近于土堆”的意见渐渐打破了。而妙峰山又是我生平第二次所见北方的好山。在这样的山中行走，我们才知道我们的祖宗从前是怎样的为我们开辟世界，我们现在住着的世界是曾有人不靠物质的帮助而肉搏出来的。我们虽然是步行，在好像用几个“之”字拼合起来的山道上步行，自以为刻苦了，差胜于大腹便便的或是莺声呖呖的坐轿的老爷太太们了；但是，我们有开好了的路，有点好了的路灯，沿途有茶棚可以休息喝茶，手上又有削好了随处可以买到的桃树杖，前途又一点也没有什么猛兽或敌人的仇视，而有的只是一见面便互嚷“虔诚！虔诚！”的同一目的的香客。我们是何等的幸福呵！但是，我们还觉得苦，这可以证明我们过惯了城市的生活，把我们祖先的强健的习性全丢掉了。

讲究的国家有公共体育场，有公共娱乐所，有种种完美的设备，可以使身体壮健精神愉快的。我们虽然知道这些，然而得不到这些，我们还是一年一回跟着往妙峰山进香的人们去凑热闹吧。

二 “星霜，星霜！”

在北京城里，街上常见有四担或五担笼盒，每担上有八面小旗，各系小铃，挑着“星霜星霜”地响着招摇过市。多少人不明白个中底细，每当他们是另外一个世界里的人物，从不去过问他们，尤其是我们江浙一带的人为然。但是，到了妙峰山，我们才自惭形秽，觉悟自己是另外一个世界里的人物，那个世界却完全属于他们的。

如果你在庙里面等候着，听人说“到会了”的时候，你要记住这是指庙外面有“会到了”。照例的，先是四担或五担乃至六担八担的笼盒，“星霜星霜”地响着过来，这叫做“钱粮把”，里面放的是敬神的香烛以及纸糊的元宝等等。“钱粮把”的前面是一个壮健的少年捧着供物，这看各种香会性质不同，例如“献花老会”则捧鲜花，“茶会”则捧茶叶，“馒首圣会”则捧馒首。后面跟着会众，数人数十人乃至数百人不等。“钱粮把”进门后就放在院子里，各人都拿出香——讲究的再加以烛——来燃着，便跪在神前磕头祈祷。少年跪捧表章，居主祭者的前列，由庙祝用火徐徐烧着。表章是刻版现买的，空格上填进供物，会众人数，及会首姓名，放在一个五尺来高的方柱形的黄纸袋中，置于适能插下方柱形的铁架子上，少年的手就捧着那铁架子。这叫做“烧表”。说到“烧表”，我们即刻会联想到光绪二十六年的某事，其实往妙峰山进香的人们种种举止都可以表示出他们与“光绪二十六年最先觉得帝国主义之压迫”的英雄们是一路的。烧表时庙祝用两枝竹箸，夹着表章，使灰烬落入空柱中，不往外倾，口中尽念“虔诚”“虔诚”不止。到了将要烧完的时候，“虔诚”的声浪忽然提高，下面跪着的会众们，一听到这提高的声浪，大家便把脑袋儿齐往下磕。磕犹未了，必有年较长者，忽转身向会众起立，口中很念着几句嘹亮的言语，例如，“诸位！在这里的，除了我的老师，便是我的弟子，我特地磕一个头，替你们祈福！”说着就跪下大磕其头。这种句语大抵是各个不同的，得由德高望重而又善于辞令的人自己去想，例如，我另外听得一个是与上述的大同小异，末后却加上一个问题，问会众们“当此灾祸连年的时候，我们这种人不是炮火，是谁的力量?”会众们于是大嚷这是由于神的佑护。这种情境活像是在初行“启发式教育”的国民学校的教室里。答出这个问题以后，会众进香的手续算是完了——但须看来的是什么会。倘是个少林会，那么，进香完毕正是他们工作的开始，因为还要在神前各献他们的身手哩。倘是个音乐会，要演奏音乐；大鼓会，要演唱大鼓；梨园中人的什么会，还要在神前演习，不过，角色是完全扮好了来的，演完便各自卸妆回去。“星霜星霜”的“钱粮把”也依然带着。

三　香客

除了会众以外，个人的香客的进香方法，就不是这样了。我见有一个是三步一拜，一直从山下拜到山里；又一个几乎是一步一拜，看他样子已经是非常疲乏了，但仍是前进不懈。我们猜测，这一定是自己或是父母——但决不是为了妻子吧——大病痊愈以后来还愿的。无论茶棚子里面怎样高声的喊着那：

“先参驾！——这边落座，喝粥喝茶！”

再加以“当”的一下磬声，这样简单而动人的音调，他也决不反顾。可怜，满眼看过来，对于这种呼声、磬声，这种来往的香客，四周的景物，取一种鉴赏或研究的态度的，实在只有我们五个人。是颉刚兄的主意，未动身以前，先劝我去了洋服，而且沿路一概随俗：对于同时上去的香客，见有互嚷“虔诚”的，我们于是也从而“虔诚”之；对于下来的香客，虽向我们嚷“虔诚”但见同行的人有答以“带福还家”的，我们也从而“带福还家”之。到庙门，是先买了香烛进去的；在庙中，是先燃了香烛规规矩矩的跪拜的；在庙中的客室住了两宵，是完全以香客的资格受庙祝的招待的。我们以为必如此然后可以看见一点东西，否则，只落得自己被他们看去，而我们所得的知识一定有限了。

三步一拜，五步一拜，乃至一步一拜的香客到底是不多的，正如全身穿了黄色衣服或红色衣服的香客也是不多一样，这种都是为着重大缘故而来的。其余大多数的人，都像我们一样的走上来，一样的进庙门，一样的跪拜，一样的磕头：我们既敢自信别人一定看不出我们是为观风问俗而来，那么我们也安敢自夸我们是知道别人怀着的是什么心眼呢？我们只能说，在外表上看来，我们都是一样的香客罢了。

照例，香是应该放在香炉里的，但在香炉后五六尺远，就有一堵照墙。照墙与香炉的距离间，左右又加筑两道短墙，这样三面短墙一面香炉恰成一个正方形了，这就是我们烧香的大香炉。我们到的时候，香市渐寥落了，但这大香炉还有倾炸的危险，三面砖墙都用木柱子支撑着。香客们决不能往香炉中插香的，只用整把的线香往大香炉中一扔，这就算是烧香了。

四　“带福还家！”

娘娘庙的门外，摆着许多卖花的摊子。花是括绒的、纸扎的，种种都有。一出庙门，我们就会听见“先生，您买福吗”这种声音。“福”者“花”也，即使不是借用蝙蝠形的丝绒花的“蝠”字，这些地方硬要把“花”叫作“福”也是情理中可以有的。对于所谓“福”，我们在城里的时候已有了猜想，以为这一定是进香以后由庙中赠予香客的。如果真是这样，那够多么美妙呵！但是这种猜想到半路已经证实是不然了。不过我们还想，这种花一定是出在妙峰山上的。如果真是这样，即使是用钱买的，我们带回来多么有意义啊！但后来一打听，才知道京中扎花铺的伙计们先“带福上山”，然后使我们香客“带福还家”的。经过如此一场大“幻灭”之后，我们宜若可以不买花了，但我们依旧把绒花、纸花、蝙蝠形的花、老虎形的花戴了满头。胸前还挂着与其他香客一例的徽章，是一朵红花，下系一条红绶，上书“朝顶进香代福还家”八字。“代”者“带”也，北京人即使是极识字的，也每喜欢以“代”代“带”，其故至今未明，但“代”字可作“带”字解，已经是根深蒂固，几乎可在字典上加注一条了。

“带福还家”也是一种口号，正如上山时互嚷“虔诚”一样，下山时，同路者便互嚷“带福还家”。即使是山路上坐着的乞丐们，也知道个中分别，上山时叫你“虔诚的老爷太太”，下山来便叫你“带福还家的老爷太太”了。山路最普通者共有三条，每条都划分几段短路，每段设有茶棚，并设有山顶女神的行座，大抵原意是如有香客中途不能上山，在茶棚里进香行礼也就行了。在这种茶棚里，所用茶碗、茶壶、茶桌等都非常精致坚实，镌有某某茶会等字样。而且专请嗓子嘹亮的人在棚下呼喊并打磬，虽然如上面所说，语句非常简单，但他们却津津有味像唱歌般的呼喊着，上山时“先参驾！这边落座，喝粥喝茶”！下山则也嚷“带福还家”。他们在城市中打躬作揖拘拘得一年了，到这里借着神的佑护呼喊个痛快。

五 余论

妙峰山香市是代表北京一带的真的民众宗教。我们的目的是研究与赏鉴，民众们是真的信仰。“有求必应”通例是用匾额的，他们却写在黄纸单片上沿路贴着，这可证明香客太多，庙中已经放不下匾额了，也可证明物质生活尚够不上买一块匾额的人也执迷了神的伟大的力而不得不想出一个“有求必应”之活用的方法了。

论到物质生活，低得真是可惊。据说连馒首、烧饼等至极简单之物，也得由北京运去；本地人吃窝窝头自不消说，但他们的窝窝头据说也不及北京做得好。食品以外，我再举一件三家店渡河的用具，也可藉以想见京西北一带物质生活之古朴低陋了。河并不宽，造桥是不难的，却用渡船。水上先驾一条铁索，高离水面约五尺许，两岸用木作架支之，索端则用大石块压于地上。河中是一只长方形的渡船，一端向下游，一端向上游。上游一端，有立柱一，与河上铁索相交，成十字形，使船被铁索扣住，不能随河水顺流而下。渡河的人们，就乘着这横走的渡船来往。这是说没有桥的地方。有桥的地方呢，先用桃木编成圆筒，当中满盛鹅卵石，将这种一筒一筒的鹅卵石放在中流，上搁跳板，便成了原始的桥了。总之，这些地方的用具几乎无一不是原始的，我所以说这种旅行最容易令人想起祖宗们的艰难困苦了。

但是靠了神的名义，他们也做了许多满我们之意的事。山上修路、点灯、设茶棚等等不说了，就在山下，我们也遇见一件“还愿毁陇”的新闻。将到山脚的地方，车夫不走原有的小路了，却窜入人家的田陇，陇上的麦已经被人蹈到半死的。我问为什么，车夫说这是田主许愿，将路旁麦田毁去几陇，任香客们践蹈，所以叫做“还愿毁陇”。这是伟大的。此外，如山溪水旁竟写有“此水烧茶，不准洗手脸”字样，简直连都市中的文明社会见之也有愧色了。

我对于香客的缺少知识觉得不满意，对于乡间物质生活的低陋也觉得不满意，但我对于许多人主张的将旧风俗一扫而空的办法也觉得不满意。如果妙峰山的天仙娘娘真有灵，我所求于她的只有一事，就是要人人都有丰富的物质生活，也都有丰富的知识生活与道德生活——换句话说，就是决不会迷信天仙娘娘是能降给我们祸福的了——但我们依旧保存妙峰山进香的风俗。

一九二五年五月

丽芒湖

暑假旅行在欧洲已成风气，法国人对于这一点还算是比较后起的，但远没有到暑假时节，老早就甲问乙，乙问丙了，“你今年往什么地方过暑假?”被问的乙、丙，也会即刻答得上来，说他今年往丽芒，往安纳西，或往蒲尔志——除了这著名的三湖以外，还有往海边的，往外国的，甚至也有少数往极东的，或往北冰洋的。

暑假旅行是为的避暑吗？那也不尽然。法国的一般气候，大概与中国的北部仿佛，即在盛暑，也不觉十分难受。而且有的人，竟从凉爽的地方，旅行到炎热的地方去，这又是为的什么？一个最简单而稳妥的答案是：为的旅行。

自然，在暑假旅行中，旅行者也许增加了多少学问，也许证实了多少试验，也许完成了多少著作，至少，也许新交了多少朋友，发起了多少组织。但是，这种都是旅行的副产，主要的目的还是为的旅行。

“暑假”两个字，在中国，是教员学生辈的专用名词。暑假者，教员学生暑中不上课之谓。但在西方，暑假是一切人暑中不作工之谓，或暑中旅行顺便作工之谓。以巴黎为例，许多店铺暑中都关门，连塞纳河边的旧书肆也显着零落，这便是因为他们的掌柜和店员都到别地方过暑假去了。那么，暑假中巴黎便很萧索了吗？不然！暑假中的巴黎，比平日只有热闹，因为巴黎也是别处暑假旅行者的目的地。

暑假中工作最初起劲的，要算是与旅行有关的各业。男人还穿着厚呢大氅，女人还围着狐皮的时候，便见街上满贴各旅行社的广告了。广告的内容很简单，一点也不啰唆，只是一幅极动人的风景画。下面注着：如愿去者可访问某某机关。说来奇怪，我们中国人来往欧洲当乘他的轮船的所谓“大法国火轮船公司，”负有运送法国帝国主义者往极东侵略的使命的，在这个暑假旅行的当儿也广贴风景画，劝人在暑假中往极东旅行，里面有一幅是中国的宫殿。

在这样热闹的空气里，有的写信往甲地问那里的生活费用，又有的写信问朋友是否也愿同去乙地，火车、轮船、汽车、旅馆，甚至在风景地有余屋出租的房主，一天到晚忙碌的无非为着这件事。

这便是暑假旅行已成一种风气。一句过于犀利的话是一个朋友说的，“即使不出去，也要在家中躲几天，表示这几天的确没有在巴黎，这是受着中产思想的支配而无钱或无暇旅行者的行事！”足见要违抗这种风气的不易了。

但在我们中国人，对于这风气却有另一种态度。中国的士大夫阶级了解风景本比西洋人早过多年，对于风景地的点缀，能力也远出西方之上。游览山水，在西洋人是趋时，在中国读书人是本色。工作能力百不及人，游览兴趣从不让人，这是我自己对于暑假旅行的态度了。何况我在巴黎本是游客，大旅行中为什么不可有个趋时的小旅行呢?

这样决定了我的丽芒湖之游。

七月二十三日——初到

也许比做旅行事业的人还赶早，曾觉之兄在春间便将丽芒湖介绍给我们而且约定暑中同去。不幸得很，觉之兄得到家中的电信，因为母亲病重不能不回去，比游湖更大的计划也都只有暂时停顿着；我骤然失却一位指导一切的良师，不能同游丽芒的事倒反而觉着不值的惋惜了。

觉之兄去年暑中住的是丽芒湖（Lac léman）畔圣祥哥尔夫（Saint Gingolph）村的贝格杭（Chalet Berguerand）木屋。木屋是瑞士特色之一，因为山中多木材，屋内一切如门窗、墙壁等无不用木材做成。觉之兄和贝格杭木屋的主人贝格杭先生、贝格杭太太都要好，本来去年便约定今年再去，但是，不测的风云难用人力挽回，问我们弟兄也一时不能决定，于是，在临走时他先将傅怒安兄介绍给贝格杭木屋主人。怒安兄在六月初旬便去了，因此，他继觉之兄而为我们的丽芒湖边的向导。

昨晚八时半在巴黎动身，与夏敬农兄口也不停的一直谈到开车。谈话的内容一大半是由中俄交涉引伸出来的梦呓。说也奇怪，中国有一点点小事，立刻可以影响我们游客或侨民的体面，比用科学方法制造出来的寒暑表还要准确。这个升降据说已经有好几次了：辛亥革命升，袁氏复古降，袁氏推倒升，军阀内战降，国民党北伐升，国民党腐化降。尤其是最末一次，国民党北伐胜利的时候，据说中国人在卢森堡公园散步，也会无端有人来握手，并大赞许一顿中国的有希望，而一到国民党腐化以后，他们，看见中国人便转过头去理也不理了，这一次升得特别高，降的也特别下。因为有这种易感性的寒暑表在，怪不得侨民或游客的爱国心连梦里也要油然而生了。这几天因为中俄的交涉，中国的态度居然有点强硬，引起了巴黎一个旧派报纸“人民之友”的称许，影响忽然及于法国的一般人。敬农兄到警察署去签“动身”，警官对他特别的敬礼，问他“是不是要回国从军去了？这几天中俄的消息很紧张，我希望中国人打胜！”巴黎大学的俄国同学，路上碰见也要站下来谈一谈，说道“我们现在是交战国了，但不妨趁大家没有上战场的时候，各人抛开了自己的国家观念谈一个畅快。”从公寓里往车站，我们三个人坐在一辆汽车里，汽车夫开车略微不谨慎了些，几乎与一辆从横路里出来的汽车相撞，那辆车里的车夫出言便不客气了，结论是“你以为今天车里面坐了中国人便应该横冲直撞了么?”从这种零碎事实里，东引伸西引伸，像煞有介事的，完成了我们的中国独立梦。

为了要做这个中国独立的梦，连战争也不觉得应该诅咒了，现在的俄国是不是旧皇时代的俄国，现在的中国是不是明治时代的日本，这些事实也顾不得了，人在做梦的夜里真不知道有过去的昨天和未来的明天呵，我们的谈话真是梦呓!

八时半了！我和三弟在车上，敬农兄在站台上，三个人荡漾在中国独立的梦里，万分舍不得的分别了。

八时半从巴黎动身直到今晨七时，在车中整整一夜，或坐，或站，或行走，或打盹。照例，三等车是八个人一间，这比中国三等车有时竟连长条板凳也不可得者自然好得多了，但人心不知足，觉得没有卧车还是缺憾。同室临窗两个胖商人，当初是忽而饮酒，忽而把衣箱直竖起来当作打牌的桌子，忽而不打牌了，两个人向邻座道一声对不起，各脱了上衣，擦身子，换新衣，忽然起坐，忽在躺下，这样忙忙碌碌地闹了一夜，直到天明才下去。平心而论，胖子而略黏微汗在身，的确是十分难受的，我曾当几年胖子，这一点很了解，只可惜现在渐渐办着交卸，对于邻座二公的历碌颇有视同秦越之感了。只是对于没有卧车认为缺憾一节，倒还双方意见密会无间的。

二公下去以后不久，七时余，车到贝勒加德（Bellegarde）了。这车是从巴黎直往日内瓦的，我们往圣祥哥尔夫的客人须在贝勒加德下车。自贝勒加德到圣祥哥尔夫，虽然只有九十六基罗米突，但车站倒有二十二个，而且是每站必停的。这些站当中，只有安纳马司（Annemasse）、多农（Thonon－les－Bains）、爱维昂（Evian－les－Bains）三个是大站，其中，尤以爱维昂为最大，游客也最多，所以自巴黎到爱维昂有直达的头二等车，至于三等客，那只好多观光几个车站。

贝勒加德四境荒凉，虽然火车站规模也尚不小，但因为一夜未得安眠，觉耳闻目见一无是处，荒凉者固然加倍荒凉，规模不小者似无可容足。三弟却有甚好兴致，他自幼便如此，即使在窘迫的境地里，也会设法自娱。今日便又是一例了。他主张在车站里吃东西。这在我是绝不需要的。我现在需要的是漱口，是洗手洗脸，是换衬衫裤，是找一个凉爽的地方酣睡。总括一句，我现在需要的是圣祥哥尔夫。然而这哪里谈得到呢？九十六基罗米突路，二十二个车站，如果你没有本领即刻生起翼子来，那只有帖帖服服的坐在贝勒加德车站里当“顺民。”至于吃东西，我是老早就看见了的。月台上摆着桌子，上面整整齐齐的排着大碗，旁边是一把大咖啡壶。客人一下车来，便群聚到桌旁。真骇人，这样大碗原来是装咖啡和牛奶的，还加上大盘子的新月面包！“这里许是乡下风气了，所以人们的食量真大。”我这样想过便算了，并不起丝毫艳羡之意。然而，三弟却主张与这些大盘大碗去发生关系。说也奇怪，大碗的咖啡牛奶虽然代替不了圣祥哥尔夫，然而，喝下一碗以后，精神居然振作多了。于是，把行李放在月台上较僻静处，两人随便在车站内外走走。贝勒加德虽是一个各路交叉的大站，然四面望去，无非是高高低低的小山头。本地大抵没有什么工商业。这仿佛像中国的郑州，然而不，那到底还有裴度墓等三两古迹，这里却也没有。只是有一点，或者是我主观的，觉得渐渐有到沙维华（Savoie）的预感。虽然是高高低低的小山头，难道也已经有沙维华的风度了吗？至于车站内，却照例贴有风景画，那却是一点不含糊的沙维华。我们在贝勒加德车站的一小时余，一半就在这风景画上消费去的。

十时半到了爱维昂。现在可更久了，在贝勒加德只等了一小时余，这里却要等四小时，下午二时二十分才有车到圣祥哥尔夫去。我暗忖铁路公司的心理，以为从巴黎到沙维华一带来，爱维昂已经是尽头了，还要再往圣祥哥尔夫等处去，那是不在计算之内的了。而我们却偏偏做了他们计算以外的客人，于是有先看爱维昂的眼福。

这时我所需要的依旧是圣祥哥尔夫，我们身边负担的依旧是重重的两件手提行李，然而维爱昂已在脚下，丽芒湖已在眼前了。其实丽芒湖早在眼前，车经多农以后，便一路沿湖而行，不过此刻坐在车站对面的一家咖啡馆里，四小时工夫尽着享用，赏鉴湖景比在车中时远远的畅快了。

我们谈曾觉之兄。他是从前极爱西湖的，然而他说，丽芒比西湖好得多哩。比西湖好得多的丽芒现在是在眼前了，但从前极爱的西湖我们也还在心头，于是心头一幅西湖图，眼前一个丽芒湖，我们一样一样的比较去。

我们现在算是坐在“西园”里喝茶。和西湖的龙井茶一样闻名世界的，是这里爱维昂的矿泉水。但是我们桌子上并没有，因为这是在全法国无论什么地方都能喝得到的，正不必急急然一到爱维昂便喝。我们桌子上有的依旧是啤酒和汽水，却外加一张丽芒湖的地图。现在按着地图隔湖望去，对岸迷迷蒙蒙中似乎是极繁华的，相当于西湖蚕桑学校的地位，这是瑞士的名城洛沙纳（Lausanne）。因为丽芒湖的两岸是分属两国的，靠旗下的一岸是属法，对面蚕桑学校等的一岸是属瑞，所以洛沙纳是瑞士的名城，正如此岸爱维昂是法国的名城一样。洛沙纳这个字是近于原音的，这地方前几年开过一个国际会议，在中国报上看见的地名却是“洛桑”两个字，好像他们预先知道我今天要用洛沙纳来比西湖的蚕桑学校，所以特别将“沙纳”二音写成“桑”字来造就我的比喻似的。

坐在西园里，擎起左手来，一直指过去，远远的，远远的，那不是净慈寺雷峰塔的一只角上吗？不，也许还要远些，一直在南山的山嶼，桂花丛的中心，又有一个瑞士的，甚至世界的名城，这就是日内瓦。它是卢梭（J. J. Rousseau）的故乡。它也是世界最大装饰品的所在地。装饰品？那不是说巴黎的著名香料铺胡傻刚（Houbigant）吗？是的，但那是女子的装饰品，这是男子的装饰品，国家的装饰品——国际联盟！

右手斜对岸，似在山脚下，似在水中央，楼阁玲珑的，不是国立艺术学院么？不错，一点也不模糊，在丽芒湖里照样有一个，是西蓉古堡（Château chillon）。

现在回来看旗下这一岸，法国方面除了爱维昂之外还有什么大城吗？有的，是多农。这是在爱维昂的左首，相当于钱王祠的处所，我们来时火车经过的。至于右首钱塘门的傍近，那便是我们的目的地圣祥哥尔夫了。

丽芒大势，已在指掌，而时间却还不过正午。山德维支，权当午餐，盘子已经空了；不空的却是摆着空盘和空瓶的桌子，和我们的肚子。四周的景物人事，可以看的都看厌了。甚至望着对面车站门口，旅馆的接客汽车一辆辆的开到，一辆辆里跑下接客的人来，衣冠挺肃的，眼光注着车站出口，车站出口一个个的跑出客人，一个个的对着汽车视若无睹，于是汽车夫一个个的都懊丧，一辆辆的汽车又重行开走。他们是懊丧，我们坐在西园咖啡馆里是厌倦，于是也趁着他们开走的当儿，将两件行李付托西园的女侍暂时收存，我们却到湖边去闲逛。

刚才从咖啡馆远望各旅馆的接客者，于懊丧之余，解开了挺肃的厚呢制服。知道我们此刻是在阴地里，而且饮下了如许冰水，倘在太阳光下，气候是颇炎热的。我们虽然已经休息了久久，已经吃过了早午餐的代替品，到底一夜未得安眠的事实依然存在，一身的微汗依然无法摆脱，所以走出旅馆来，仍不敢多向太阳光下去跑路。好在爱维昂有的是树阴，菩提树呀，洋梧桐呀，盖满了到处。爱维昂是一个山城，靠山面水有着许多条路，这条车站门前的大路刚在高下适之处，上面是别墅住宅的区域，下面是商店街市的中心。贯串上下的，小路固然甚多，但重要的则有一条上山电车（funiculaire）。我们心中念念不忘我们的目的地圣祥哥尔夫，不顾细看爱维昂，所以上山电车既没有去乘，十余矿泉中最有名的一个嘉夏泉（Source Cachat）走过也没有去饮。打了一个圈子以后知道本地的名产是珍珠，以及螺钿的各种小器具，我们坐下的咖啡馆旁边便是一个珍珠厂，其他便毫无所得了。回到车站附近，坐梧桐荫下，再饮冰水，然后提出行李上车。

三时，我们到了圣祥哥尔夫。

七月二十四日——圣祥哥尔夫

想望了许久的圣祥哥尔夫居然在抱了。昨日下午三时，一下车来，它给我们的第一印象就极好。它是十足的乡下气。如果仍以西湖来比丽芒，那么圣祥哥尔夫之与爱维昂，确像钱塘门之与西园。

真是乡下了，在车站里一问贝格杭木屋便知道，站员即刻指示我们去向，而且对我们说，行李不妨寄存在这里，等一会儿给我们送来。

与在爱维昂一样，出车站门便是一条大路，而且出车站门第一样看见的也就是从爱维昂一直伴我们来到此地的丽芒。只是，所谓大路者，是圣祥哥尔夫唯一的大路，而且，因为圣祥哥尔夫是法瑞交界的乡村，圣祥哥尔夫既有半村属法，半村属瑞，于是这条大路也跟着半条属法，半条属瑞。

我们正在大路上行走的时候，巧遇了傅怒安兄。虽然我们昨天有电报给他，但两方都算不准爱维昂到圣祥哥尔夫的路程，所以只好在路上巧遇。他穿了一套轻快的夏服，这在巴黎是极难看到的，首先，令人觉到现在真是暑期了。他是到湖中去洗澡的，既然巧遇了我们，便先做我们的向导。

“圣祥哥尔夫半村属法半村属瑞我们是知道的了，但我们住的究竟是法半村呢，还是瑞半村呢?”我先问他。

“是瑞半村。”

“那么，以前我们在巴黎与你通信，都作本国信寄，倒不算欠资了吗?”三弟问他。

“所以，有许多地方因为这是一个特别的村子，不能不通融了。村里有两个邮局，法半村里一个法邮局，瑞半村里一个瑞邮局。法邮局接到法国境内各处寄给瑞半村的信，理好打一包封，交由瑞邮局分送。瑞邮局也同样办理。大家都不算欠资。”怒安兄答。

“那么，寄出去呢?”我又问他。“你就牺牲一点脚步，寄到法国的交法邮局，寄瑞士的交瑞邮局?”

“那自然！一封信里要便宜两封信的邮资，谁也愿意牺牲一点脚步的!”

“如果有一个人寄情书，一心只在情人上，这样复杂的门槛傥一忽略了，倒是要受罚的——受罚自然是甘愿，只是信要压运一班了。”

“伏老又来了！其实，这种小村子里，几天住下来，便满眼都是熟人，即使真的糊涂到这样，邮局也会送回来让你贴好了再寄，甚至会代你送到另半村的邮局去的。”

怒安兄从邮局又讲到税关。国界上的税关最注意两国价格不同的东西。瑞士禁酒，人民团体与政府机关协同办理，所以捐税极重；而法国是一个酒国，法国人管理小孩子别的都极严紧，而对于饮酒的放任却认为理所当然。因为两国风气如此不同，所以瑞半村的税关最注意法半村里的酒。但同是一种风气，瑞半村禁酒决不会影响到法半村来，法半村饮酒倒极会影响到瑞半村去。于是住在瑞半村里饮酒的人便苦极了。

“曾经有过一个故事，”怒安兄说，“有一个人住在瑞半村里，从法半村买酒回家，被税关搜出了，捐得极苛；第二天他背了一张桌子，放在法半村的边界上，坐起来大喝特喝；喝完回家，拍着肚子对税关人员说，酒在这里，你还捐不捐呢？”

说到这里，我们三个人走到法瑞两国的边界上了，割开一个乡村而定为两国的国界，初听似乎好不自然，其实也有它自然的界限，这是两山之间的一条小溪。溪上架一条石桥，就把两条大路连而为一。桥左是法国税关，边界上站着四个税吏，桥右是瑞士税关，边界上也站着四个税吏。两方都恭恭敬敬的静听着桥下两国共有的潺潺的水声。

对于法国方面说，我们要出境，不必费什么手续的。入瑞士境的时候，税吏以外，还站着一个国家宪兵的兵官。这似乎两国是同一制度，法国也这样，无论如何的穷乡僻壤，必有数名国家宪兵驻扎着。有时只有一名，兵也是他，官也是他。这站在瑞半村里既高大又似乎要和我们为难的大概就是这一类了。但是奇怪，傅怒安兄跑到他面前，把我们介绍给他说，“这就是我常同你说起的两位朋友，现在来了。他们大抵不会住久，两三礼拜便回巴黎去的，你也不必验他们的证照了。”他毫无异议，我们便容易的做了瑞士人了。

于是接谈我们的税关。法国方面的四个税吏注意的是什么呢？是烟、钟表、巧克力糖。烟在法国是国营的，价比别国都贵，外国烟尤其贵。美国的吉士牌烟卷，在上海值小洋两角的小包，在法国值六法郎，合中国小洋八角。和瑞士比，相差虽然没有这样远，但已和瑞士特产的钟表和巧克力糖有同样被注意的价值了。

税关之外，还有铁路也是如此。我们从贝勒加德来的车，是一直通到瑞士去的，但在圣祥哥尔夫有两个车站，我们刚才下车来的是法国站，现在步行要经过它门口的是瑞士站。也和在大路上步行一样，乘火车越过国界，须受税关的检查。

铁路之外，还有轮船也是如此。丽芒湖上有一种轮渡，从日内瓦起，走着“之”字的路线，左岸停一埠，就到右岸去，右岸停一埠，又到左岸来，一直走到圣祥哥尔夫，再走着

"之"字向日内瓦。轮船大小约如南京渡江的"澄平"，但共有二十艘船名都用与丽芒有关的一切，如"丽芒""日内瓦""洛沙纳""沙维华"等等。这可以说是丽芒与西湖不同的地方。西湖有四千号"划子"，数目固然可惊，然如跑到葛岭上面一看，好像一片桑叶上的蚕蛹，满湖几全是这种一条条灰白色的东西。丽芒湖有二十艘大轮船，但我们所看得到的，常常是全无影踪，至多有一艘两艘经过。至于税关的问题，轮船倒是没有，只是在船头和船尾插两张国旗，表示它来往于两国公共的湖上便了。不过，乘船须随身携带护照，虽然未必会验，如爱维昂洛沙纳间的对渡，却不像在圣祥哥尔夫来往于法半村与瑞半村那样简单，总须有一本小书模样的东西在手（甚至不是护照）才妥当。

我们三个人一边谈话，一边鉴赏着圣祥哥尔夫的风景：前面是丽芒湖，不必说了，后面却是高山，参差错落，与湖滨其他各埠迥然不同。圣祥哥尔夫不及其他各埠的繁华也许以此，他能够保持他的乡下气，令人觉得比其他各埠更可爱者也是以此。就在这高山的脚下，怒安兄指点给我们：仿佛在一张绿色的桌毯上，摆着一件象牙的雕刻，工作是细致而又质朴的，那便是贝格杭木屋。木屋造成还不很久，而且主人爱素淡，所以未加油漆，木材的本色用山景衬托出来，造成这样惊人的美丽。可惜他们的余屋已经答应了一家朋友，所以怒安兄给我们预定了别一处，是德立发夫人（Mme Derivaz）家。我们便跑去见德立发夫人，但两间屋只有一张床，于是，我先住下。不久，车站里的行李送来了，我们便尽量的把夏衣换上，但叫人佩服的是送行李来者原来就是刚才的站员自己。

昨夜怒安兄归贝格杭木屋，我住德立发夫人家，三弟到美景旅馆暂住一夜，三人约定今早相见，同去游湖。

今早三人在美景旅馆里相见，我把怒安兄当作圣祥哥尔夫的主人，向他盛夸昨晚气候的凉爽。这仿佛像前年我从武汉跑上庐山一样，初秋盖了薄棉被还嫌太冷，现在而且是盛夏。三弟则除了觉得凉爽以外，又听了一夜的水声，因为美景旅馆正在法瑞两国交界的溪旁，溪水就从他房间的窗外流过。

“丽芒的可爱不仅是这些哩。今天上午我们一同钓鱼去。我出来的时候已经将钓鱼的器具放在船上了。”我们于是依了怒安兄的提议，三人一同走出美景旅馆，到了湖边停船的处所。船的模样，也仿佛就是西湖的划子，不过，江浙人皮肤娇嫩，划子上必用遮阳，这里却是没有的。所谓停船的处所者，如在爱维昂那种大埠，几十条船由一个人经管，你选定了那一条船以后，便由他给你解缆，约定几小时以后还他。圣祥哥尔夫村子较小，游人不多，所以怒安兄熟识的那一个埠头，虽然也有十几条船，却值不得由一个人经管，租船时须自己跑到市上一家咖啡馆去接头，解缆系缆都由租船者自己担任，回来时自己跑到咖啡馆去付船租。这与西湖的每条划子有一个船夫的情形大不相同。

我们三人便上了船。照这里的办法，所谓三人乘船者，这三个人当然既是乘客，也是船夫。但他们两位是丽芒式的，我却是西湖式的；丽芒式的人跑到西湖去，垂拱而天下平的事是谁也会干的，我一个西湖式的人跑上丽芒来却束手无策了。恰好怒安兄忽然敬老起来，我便划了船头一席地作养老院，两位少年桨手都非常努力，我趁着便宜一路顺风的同他们驶向目的地去了。

“我到现在还没有看到你的钓竿呢，”养老院里的老人照例是多嘴的，“你所谓钓鱼器具放在船上，到底放到哪条船上去了？”

“说来话长哩，器具在这里！”怒安兄此时从船板底下摸出一个白铁罐来，罐里头一束线，线头上亮光光的一个白铁钩。

“没有别的了？”我们吃惊的问他。

“都在这里了！”怒安兄用法语回答。

“那么引饵呢？”三弟总有点疑惑。

“那是没有的。钓鱼本来须领照会，与巴黎塞纳河（Seine）上钓鱼的办法一样。但照会只限于有钓竿的人，不用钓竿可以省六法郎的照会费。至于引饵，那是随便的；我因为小鱼之类的都脏得很，而且听本地一个小孩子说，只是亮光光的一个钩子荡在水中，鱼倒会来吞，有了引饵他反而不会吞了。我试了几次，果然。”

“但我总替你担心呢，这似乎是一注买空卖空的生意经!”

“你老先生还是躺着吧，我们预算今天中饭够三个人吃的鱼呢。”少年的勇敢的态度，可爱的少年的勇敢的态度。

目的地是离圣祥哥尔夫二里许一个临湖的庄子的树荫下。“这是伯尔尼（瑞士京城）一个大商人的别墅，只有盛暑来往一月的，平时都空着。”怒安兄说。

太阳光下两里路的生活，养老院里的我都觉着真是盛暑了，何况在手不停桨的两位少年。现在树荫下正好是休息的机会。照法国老辈的说法，这样的一暴一寒是于身体有损无益的，所以从太阳光下到室内，最好是先在屋檐下半阳半阴的地方站立几分钟，免得到室内骤然接触冷空气。但这里是树荫，刚刚合于这种哲学。太阳光依旧继续照下来，但被树枝树叶筛成零零碎碎的小块。他透过树枝，先照着我们，使我们不致受寒。再照到水面，水面受微风吹动，金光闪烁，与树影结成透明的锦被，再透过锦被照入水中，使我们看见我们的敌人的一举一动，还清清楚楚的看见敌人的背景的湖底。鱼也许和我们一样，觉得太阳下太暖，阴地里又太寒，所以群聚到这树荫里窜来窜去的吧？还远是舍不得这明媚的湖光，不忍让远客独享，必亲身加入，而为美景中的一部演员，然后，这美景才算尽美呢？还是它们已经窥破了远客的心事，早已成竹在胸，所以毫无畏惧的神气呢？

“照平常，这许多工夫，已经几十条都钓起来了。而且平常还没有这么多的鱼。”怒安兄一边牵着钓丝，一边这样的叹息。

“也许你平常是在阴地里，他们看不清楚；今天在太阳光上，明明垂着一个亮光光的白铁钩，他们岂肯来上这个当呢！”三弟帮着牵动钓丝，这样答他。

怒安兄看着表，“现在已经十一点一刻，今天午饭看去吃不成鱼了。再等他五分钟，如果再没有来的话，我们也该动身回去吃饭了。”

“在我倒觉着观鱼也有意思，钓得钓不得反若不关紧要似的。如果要吃鱼，等一会到美景旅馆叫一个吃不是一样吗？”

“二哥真是东方思想得厉害！”

午饭我们果然在美景旅馆里吃鱼。美景旅馆门口一个临湖的院子，上面密密的盖着菩提树的枝叶，树下参差的摆着几十张餐桌，是一块午餐最适宜的地方。本来吃饭的时候最忌吹风，法国人尤其视为一种真理，因为是屡试不爽的。所以在家庭里吃饭，如果女仆上菜时双手托了盘子，逢开了一会儿门，老太太们便万分着急：“玛利！玛利！快快快！关门关门！”但这所谓风者，一定是指两头窗门，或一头窗门一头门同时开着的流动空气而言，倘只开一头便没有什么忌讳的了。火车里，电车里，有的不懂法国风气的外国人，开了两头窗门往往会受责问的。但索性在整个儿空旷的地方，便又不怕了。盛夏，也是不怕的。现在美景旅馆门口，当有这样的盛夏，对着这样的美景，吃着虽然不是自己钓来而其味当然一般美的鱼，微风拂拂的扑上身来，我们自然只有好感，不会畏惧的了。

饭后三人分散，各睡午觉，到三时再约齐了同到湖上去洗澡。怒安兄已经有了一帮洗澡朋友，每天下午不是他去约他们，便是他们来约他。我和三弟虽同他们一起去，但都没有洗，却坐在一块岩石上看风景，谈闲天。

晚饭我们学瑞士风气，只吃一杯牛奶和一块面包，没有其他荤食和咸食。怒安兄说，“我当初也吃不惯，一次两次以后就不觉得什么了。”我说，“这可动不得，一之为甚，其可再乎?”以后便继续上天下地的乱谈。但我总觉得有一件事没做似的；拿起烟斗，抽了几口，也不自在；这才觉悟到千不是万不是还是因为晚饭没有吃咸食。但是此刻还有什么法子呢？如果丽芒换了西湖，那么跑到“碧梧轩”，叫上一碟“鲞品鸡”，不是一切问题都解决，只要继续上天下地的乱谈便好了吗？即使不往“碧梧轩”，在自己家里做一碗蛋炒饭，也不就是咸食了吗？但在饭食如此有规定时间的西洋，不单是不能如此实行，就算是如此空想也会被人看成疯子的。此刻是什么时候？是午夜十一点钟了。除非在巴黎，哪还可有半夜饭吃？但这里是圣祥哥尔夫。固然德发立发夫人家里的锅灶可以借用，但此刻去借用锅灶岂不是被人笑话吗？而窗外是大风忽起，雷电交作，雨点像乱石般的向窗上掷来了。幸而三弟记得，我们行李头还有罐头带着，开了一小罐鹅肝，空口吃完才算了事。

幼年听大人们的教训，小孩子不要太安逸惯了，安逸惯了会吃不起苦的。长毛的时候是连想吃一碗白饭都得不到呵！唉，现在国内又在那里过长毛时代了！

怒安兄直到雷雨完了才回贝格杭木屋去。

七月二十五——溪流

昨天傍晚，我们三人同到本村的轮船码头去乘凉。太阳下山以后，轮船码头成了人人必去一转的热闹处所。轮船靠岸的次数是减少了，不比日间，站立不上一二十分钟便有轮船来到，住在湖滨各埠的游客，有的整日乘船游览其他各埠，圣祥哥尔夫村子虽小，亦有大批的客人上下，我们站在码头上谈闲天的人，理宜替他们让道。还有那些整日工作的，现在已是休息的时间，本村没有报纸，他们所认为社会新闻栏者，也就是这个轮船码头。小孩子群聚着在码头栏杆的铁杠上盘斛斗，老年人嚼着烟斗慢吞吞的警告他们，“小心你们会掉下湖里去的！”此外，则是东一丛西一撮人的谈笑。

“您今天钓得不少吧，先生，”这是怒安兄在码头上问他一位钓鱼同志，黄胡子，高细身材，我们往往看见他不慌不忙的钓得极快而且多。

“今天一起三四十条。”是回答。

这自然是值得令人艳羡的。他似乎真是老手了，只要看他钓得一条鱼以后，从从容容的拿出一把小刀来，向鱼口中取出钩子，复将鱼放入罐内，再取引饵置钩上，重新垂下水中去，这种有条不紊而且行所无事的举动，便已使我们钦服，何况又有用此不慌不忙的举动换来的三四十条鱼呢！

如果是一个视得丧成败为无甚区别的衰朽，这种新闻也和其他社会新闻一样，春风过耳，转眼便没有影踪了。而我们当中偏有一位勇敢的少年同是一个消息，在衰朽者听来，是过耳春风，在勇敢的少年听来也许是惊天动地的大事业的萌蘖，怒安兄转过头去，瞥见了嚼着烟斗向那翻铁杠的小孩子下警告的老头子。我猜想他一定是刻刻不忘上午的失败，但倘没有听见黄胡子三四十条的消息，那即使瞥见了老头子，也不会即图再举的。

“明天上午你的船可以租给我么?”因为老头子是划子主人，要图再举第一步须租船。

“明天上午有大风雨，你要船来做什么用呢?”这样一来倒把我们的兴趣转移到听他的谈话，他的话匣也被怒安兄的一问引开了。可惜的是，在他自己以为最精彩的，听众也十分动容的，是关于月亮圆缺的一段。“所以，在天将黑的时候出起来的，一定是圆月；如果是缺月呢，那不是未黑时已出来了，便是已黑了还未出!”这在我们中国人是家常便饭，人家没有用过数千年阴历的，不是像他那样在湖上有三五十年的经验，真不容易知道吧。而在我们，却十分注意他认为不甚重要的一句“明天上午有大风雨”，因为此时天还是好的呢。

晚上我一边吃罐头鹅肝，一边听着外面的风雨，三人几乎不约而同的说出来：“老头子的预言真准，只是提早了十二个钟头！”后来雷雨初止，开开窗门来一看，见到远远的红光，我对怒安兄说，“月亮出来了！如果是老头子，又可以讲他的一篇大道理，而且此刻见到红光时，可以先与人打赌，说今天出来一定不是圆月，因为现在已经快十二点钟了。”

谁知美人者人恒美之！自己以为月出的迟早总不会弄错的了，昨天是阴历六月十八，大概日入后一小时许月出地面，此间面窗是高山，延迟一二小时亦是意中事。不料今天早上德立法发夫人进来，说起昨夜雷电为灾，邻村多冈（Torgon）被雷火所击，几乎全村烧去，只剩了两所房子，现在还有八十人没有地方住呢。问了一下方位，才知道昨夜的红光确是火警，与月出何干！德立发夫人更指着桌上摆的一把牛奶壶说：“你们知道这是什么吗？”

这一个问题倒确是来的非常突兀，不大容易索解的。细看牛奶壶时，我觉得它非常古怪。这倒不在话下，我对于古怪的瓷器素有偏好。在黄河上旅行时，我曾向船夫要过一只他们吃饭的粗碗。上次与三弟及曾觉之兄同到蒙摩杭西（Montmorency）旅行时，房东借给我们一把牛奶壶，我也把玩不忍释手。我的所谓古朴，可是很容易对付的，一点没有玄妙的解释，只是简单的两句话：瓷色忌白，花纹忌细。德立发夫人家里的这把牛奶壶，对于这两个条件是吻合的，它是在玉黄色的瓷质上，画着两朵大玫瑰，三五片大叶；最特别的是这种幽暗的玉黄色不曾在别处见过，而且瓷面上有极细的冰纹。这种冰纹，不但是壶的里面及外面无花纹的地方有，连花瓣上花叶上也是一样有的。中国的碎瓷是极可爱的，但也不与它相同。

“这个碎纹是怎样的呢?”三弟问她。

“就为此我要问你们呢。这把牛奶壶是一个纪念呵！说来已有四年了也像昨晚的多冈村一样，这里还有一个邻村叫诺弗尔（Novel）的被火烧了。也有许多人没有饭吃，没有衣服穿，没有房屋住，多可怜呵！后来，邻村发起去救护他们，方法是用火烧场里发掘出来的东西，比较完整的，定了很高的价格，由邻村的人去买。我们就买了这把牛奶壶。这真是一个纪念呵！现在诺弗尔已经全盖好新屋，而且全村都极富有了。今天多冈村当有八十人没有房屋住，恐怕也有人会来发起这种救济呢。”

这一番不期待的话，我听了十分感动，不但是牛奶壶的来历如此，我万万想不到；就是小村落间救灾恤邻而用这种可爱的方法，我以一个平常颇喜留心社会事业的人，听了真是如获至宝了。我清清楚楚的看见，在两朵大玫瑰花的花心里，先映出一幅惨景来：火烧场的余烬未减，灾民扶老携幼，啼饥号寒，不忍卒睹。再映出一幅美景来：火烧场上的新屋落成，比前高大，比前整洁，居民个个都丰衣足食。先后相差如此之远，而关键完全在于一把牛奶壶，令人感动也令人起敬的牛奶壶呵！

而预言家老头子到底是未可厚非的，认红光为月色者，一经事实证明，谬误便无可遁逃；提早十二个钟头者，及至十二个钟头以后，虽然不像昨夜那般凶猛，而小风小雨迄未停止，气候凉爽且如初秋，谁也不作游湖之想，我们的勇敢的少年也就暂时不谈钓鱼的事了。

美景旅馆的露天餐室今天也不及时了，至于它的室内，那与我们自己的室内有什么分别呢？于是乎我们自己在室内做午饭吃。马铃薯在法国叫地苹果的，不但人人都爱好，而且人人都替马铃薯揄扬；如果一个外方人，生平没有尝过马铃薯滋味的，听了这种宣传真会流涎百尺。然而马铃薯到底是马铃薯。一个中国江南人的我，心中早有我自己的菜蔬系统：萝卜不如茭白，茭白不如竹笋。至于在这系统以外的马铃薯，那好也可，坏也可，从来以为值不得计较的。三弟却住法国久，性情上也如学问上，受到许多法国的影响。他提到马铃薯便不像我的漠然了。当然，这里确与城市有不同的地方，城市里我们在菜蔬摊上看见标着三倍价值的所谓新马铃薯，在这里几乎到处都是，而且还有更新鲜的呢；昨天看见德立发夫人在自己园地里掘，我们便请她替我们多掘一克千，掘起以后立刻自己去洗，自己去煮，煮好然后剥了皮当点心吃。这是世界上最新的新马铃薯，如果巴黎菜蔬摊上的新马铃薯要比平常贵三倍，那这恐怕比巴黎的更应该贵三倍。我即刻记起我在家乡吃菱角，新掘的马铃薯与新采的菱角两种口味真是相像。爱憎原也是习惯，习惯便是一次一次的不惯堆积成功的，我相信系统以外的东西不久也自然编入系统以内，所以今天三弟提议吃马铃薯我便也觉得大可赞成了。

面包是沙维华式的，是一种一尺直径的大馒头，大概每个一千克，但面包铺的老板娘秤罢以后又添上一小片，使我们格外的满意。牛排虽然也要秤过一道，但照例每块是一客的分量。这样我们的室内午餐，十分法国家常式的，更是十分沙维华式的吃下了。

饭后三弟在家休息，我便与怒安兄出去看溪流。

现在是将近两点钟，怒安兄说“凡是法国来的信，两点以前在法邮局，两点以后便在瑞邮局，我们反正走过瑞邮局，不妨先问他一声”。

“这里没有你们几位的信，法国方面的还没有送过来呢。”瑞邮局的小姑娘答复我们。再到法邮局，果然尚未送出，而且我们三人都有信。

于是，我们一直往溪流走去。这溪流便是法瑞两国的关吏终日相对听他的唤声的，也便是前天晚上三弟在美景旅馆听了一夜的。但那都是下流，我们今天却从间道绕向他的中流去呢。圣祥哥尔夫最大的路只有一条，是沿湖的，而且是两国各半的，但小路很多。在法国境，沿溪流便有一条行人小径，渐走渐高，我们叫它法国路。重要的机关都在大路上，如知事衙门，如公立小学，如宪兵部，如邮政局。但城市的发达是由内面渐向湖滨来的，所以在沿溪小路的近旁还有旧城市，而且旧城市里还有一个极重要的旧建筑，便是村庙。虽然现在另有一个新庙已经造好了，但旧庙是村中最古老的建筑，村中比它更古的东西只有圣祥哥尔夫这个字了，但那是人名呢？是地名呢？是如传说中所谓是个十字军的名字呢？还是如字形所示是个海湾（Golfe）的名字呢？那是荐绅先生难言之了。除开这样不算，最古老的仍是旧庙，所以村人很重视它。我们便也在这旁边徘徊久之。旧城市中还有一样最新的建筑，虽然最新，但也与旧庙是差不多重要的，这便是大战时的战死纪念碑。一九一四到一九一八的大战，法国几乎各城市村镇都死了人。一九一八停战以后，各处都先后草草的立起了纪念碑；但是，现在经济情形渐渐回复到战前的状态了，战争的余痛也渐渐过去了。人们心中所感觉不安的是战争纪念碑未免太草率，恐不足以纪念死者的光荣，于是重建战死纪念碑的事时有所闻了。圣祥哥尔夫的旧城市里便建立着这样一座新纪念碑。本来在这样的边界里，一脚跨过溪流便是异国，国家观念是未必十分浓厚了的吧，而且这个异国是一个永久中立国，不是很给人以一种躲避战争的启示吗？然而，圣祥哥尔夫的法半村竟有八个人死在大战里，也许因此更值得受村人的崇敬吧。

穿过旧城市，我们到了溪流边了。这里也是一条法瑞交界的通路，溪上架一小木桥，法国方面是一道沿溪小径，与桥垂直，瑞士方面沿溪无路，小径是桥的方向的延长。虽是通路，但真奇怪，除了我和怒安兄以外没有第三人了。本村是只有算得出来的那么多人，此刻都在那里工作。湖边各埠的游客，名为来游圣祥哥尔夫，大抵在美景旅馆附近一逛，至多喝一杯咖啡便走了。本地的小孩子们，今天气候清凉，大家在家里玩着不出来了吧。行人既没有第三个，离村宅至少也有半里路，所以除了流水的声音以外，只有间或树丛里漏出一二鸟语，空气是清静单纯到极点了。水的来路我们是知道的，但自桥以上，即被山石丛木遮住；水的去路我们更是知道的，但在我们视线以内不过数十步，以外也被山石丛木遮住了。只是这无头无尾的一段，好像戏剧的一幕，小说的一节似的，给予我们无限大的吸引力，谁也不征求谁的同意，两人默默的在溪边岩石上坐下了。

我们无语。我们是各在想什么吗？我却没有。我在忙乱的时候，极希望有一个清静单纯的环境，让我好好的用一会思想。及至真得到了这样的环境，我的思想却被环境擒住，一丝一毫的作用也没有了。但我觉得我极舒服，一种被擒住时的舒服。不是伟大，便擒不住藐小的；不是崇高，便擒不住卑下的；不是永久，便擒不住顷刻的。我的思想，也是溪流一般的东西，但它敢在溪流的面前显丑么？不是不敢，它是甘愿的降服了。

我们无语。我们是因为溪流冲泻的声浪太高而无语吗？我却不是。语言是怕对方不了解，不得已才用的。而语言却是极不完美的东西，越解释往往越误会。为消除误会，最好加以解释，为怕越解释越误会，最好是不解释。但天下有极易了解的事情，有如这溪流，永不会发生误会不误会的问题，也永不会发生解释不解释的问题，要语言何用呢！

我们无语。我是因为羡慕溪旁的岩石而无语。它亲眼看见千百年流水的潺潺，如果不是它，早骄矜得不可思议了，而它无语。它亲身遭受千百年人畜的践踏，如果不是它，早呼吁得不成样子了，而他无语。处最活跃者之旁而独安静默，处最朗彻者之旁而独安黯浊。我的思想现在也许是在模拟他于万一了。

远远的一声雷响，引出各处山谷的回声，把我们如在梦中惊醒。

“天要下雨了，倘再像昨天那样的一阵，可没有地方躲雨了。”怒安兄先开口。

“那可不是吗，那两所小房子？”

“那隔溪的两所小房子也是两国税关所谓以防偷窃，但竟没有关警来守候，好像造了专为我们躲雨似的，其实，他们也许要得到什么报告时才来守候呢。我们还是回去吧。”

我们从市上回家，买了一支爬山的手杖，杖上刻有圣祥哥尔夫字样，而尖头上带着一个铁钉的。这小百货店的老板是本村的学者，见人常喜欢谈几句巴黎，而且常喜欢把他从前的著作拿出来给人看，这是关于圣祥哥尔夫的风景的描写，可惜一起只有三页余的篇幅。今天老板却不在家，只见老板娘和她的一群小姐。我又买了一把粗瓷的茶壶，是本村的特产，也有圣祥哥尔夫字样的。买好将要走了，我忽然想起一件事来，回过头去问老板娘，“拿到瑞士地界去不妨么?”这也已经变成一种习惯了，凡在法界买了东西，一定先在店铺问一声，这东西可以带去瑞士地界否，例如，面包是绝不要紧的，罐头食物之类便宁可小心些了，有时候不等我们问，老板娘先通知我们，这可以放在衣袋里，那可以放在裤袋里。有时候东西多了，口袋里放不下，拼出让他捐，索性打一个包拿在手上。哪里知道关警一看见，便笑嘻嘻的问，“是食物吧，过去好了。”

但瓷茶壶到底不比食物，所以照例问一声老板娘。

“关上问时，你们只要说，是到瑞士地界汲矿泉水去的。”因为本村法界没有矿泉，用水都到瑞士地界去汲，所以老板娘教我这个方法。我想，用了同一方法也许可以带酒到瑞界去吧，但这思想未免也太荒唐了。

七月二十七日——丽芒湖上

前天自溪流回来，又下大雨。昨天上午有小雨，我们只在湖边走走。圣祥哥尔夫这条大路，其实是沿湖国道，一边达瑞士的蒲佛孩（Bouveret）一边经梅叶离（Meillerie）都红特（Tourronde）而达爱维昂。小雨不足畏，我们便一直向着梅叶离走去。梅叶离是一个渔户和石匠的村子，摆仑（Byron）游丽芒湖时在这里遇大风的。但是，天气变动得太快，小雨忽然大起来了，大雨停止忽然又出太阳了，天空的云块飞快的来来往往了。大雨时我们跑下大路去，在紧靠湖边一所新造别墅的廊下躲着，太阳出来了便在水边劈石子。这种天气很像江南的，春夏之交例有一个黄梅时节，这却是秋夏之交黄梅时节了。既不觉着炎热，也不觉着凉爽，但觉略有运动以后，遍身发出一阵微汗，这微汗使人疲倦，使人消极，使人不愿意有任何动作。我们望着前途，虽然圣祥哥尔夫到梅叶离只有七基罗米突路，虽然已经走了一半以上了，但那小半的路上如果没有这样一所别墅，下起大雨来将怎么好呢？“摆仑呵，我们今天不能看梅叶离了。”

回到家里，三人自己弄午饭。

下午计划明天游湖的事。茶叶鸡蛋便于携带，先放在家里煮，这是主要粮食。我们再出去买点心之类，却见法界咖啡馆的门口群聚着小孩。我们挤在里面去一看，原来是一个游行音乐家在咖啡馆里演奏。我们也就估摸着一席坐下了。各人都叫了一杯屈波纳（dubounet）。音乐家举起杯来向众客人招呼：“这是人生呵，美酒妇人和音乐。”大家饮了一口酒，音乐家便继续的将《浮士德》《轩龙记》等名曲一出一出的弹去。每弹完一曲，各桌上的客人都送过一点钱去到他面前，有一法郎的，有半法郎的，也有二十五生丁的。照例他自己可以来收：

但他是没有了一条腿的，而且从他的领徽可以看出，他是一个大战时代的伤兵。法国电车、地道车、公共汽车里都贴着一种条告：“切莫忘记：标着号码的几个座位是留给大战时代的伤兵的。”但是他们数目到底不多，所以平时客人拥挤的时候，这每辆车里的四个座位也常有客人坐着，只是一边留心，见有伤兵领徽的人来便让他。这是他们敬重伤兵的习惯，今天每桌上的客人都送钱到音乐家面前去也是这个意思。

听罢音乐，买了零碎东西，回家打算明天的路程。

也像西湖的有里外湖一样，丽芒分为大湖小湖两部分。靠近日内瓦的一角，相当于西湖小南湖的地方，湖面忽然收小，这是小湖。其余便是大湖。但丽芒与西湖的成因很不相同。西湖是山水注入蓄而为湖，形如蛛网。但因地势较高，须筑闸以防之，而昭庆寺一角上，仍终日有水溢出。丽芒却是一条大河（名 Rhône）中间的一段，好像水蛇吞了癞蛤蟆，一时不得消化，因而成了鼓起的大肚子。相当于昭庆寺的处所，恰恰与西湖相反，来于蒲佛孩与维尔纳夫（Villeneuve）两村之间，是丽芒湖水的入口。一边日内瓦则是丽芒湖水的出口。出口以下，入口以上，一般的都叫何纳河。我们今天打算游的是大湖的靠近入口一角的各埠，就是说，从钱塘门起，到苏小墓附近为止的各处。

我们房东德立发先生是轮渡的驾驶员，我们恰好请教他一切。他说这样最好是先乘船到维尔纳夫，然后一处一处的游过去，到西蓉古堡，到蒙德欧（Montreux），到克拉杭（Clarens），至多到佛佛（Vevey），便可以乘船回来，这几处已经够一天玩的了。而且他今天早上正要去上工，于是，陪了我们一同到船上，也是他通知我们，这些村子是真的瑞士了，不比圣祥哥尔夫的瑞半村了，我们须将法国钱换成瑞士钱。瑞士的法郎就是法国战前的法郎，比现在法国的法郎贵五倍。我们从圣祥哥尔夫到维尔纳夫的船价是八十生丁，就等于法国的四法郎。

上船以后，我们便与德立发先生分手了，我们站在舱面上自看风景。我们回看圣祥哥尔夫。我们平日自以为村后高山在湖上要算最高的，不错，离开圣祥哥尔夫一看，依然是全湖的最高山。只是圣祥哥尔夫的全村，却出人意外地微小了。圣祥哥尔夫与蒲佛孩两村相距只有五基罗米突，我们在湖上远看去，两村益发宛如一村。所以圣祥哥尔夫高山，也就是蒲佛孩的高山，更分不出什么彼此。只是这带高山完了以后，那边维尔纳夫方面的高山远没有起头，中间却显然的出现一大个空缺，即刻令人看见两高山间大块的天空，这便是丽芒的起点，何纳河流向丽芒的入口。远远地望去，看到丽芒在这角上是黄色的，而且水声都似乎听得见。黄色一角的两旁，是一片丛树，尤以白杨为最多。这一片丛树的地方，未必尽是河流，在地图上也看得出，不但没有高山，连小丘陵也没有，这是洼地，何纳水涨的时候难免要淹没的吧。

当着这个入口上，有一个再小也没有的小岛（Ile de Peilz）曾经摆仑描写过的。我们从前以为三潭印月不算小，阮公墩总要算天下最小的岛了，哪知与这个小岛一比，阮公墩也许还是大洲呢。我们虽然没有上去，因为轮船是不停的，但远远地望去，岛上只有两棵树，岛外只有三五只白鹅，我想第三棵树固然未必种得下，这几只白鹅也许因为岛上无可容足才浮到水面上来的吧。

船靠维尔纳夫的岸了。这里也像法国岸的圣祥哥尔夫一样，是瑞士岸的终点，所以没有多少人下去。在下去的客人中间，我却是最先的一个。我看见轮船码头上站着一个穿制服的船员，并不注意他，一心只顾着岸上的一切。他忽然朝我招呼了一下，又伸出一只右手来，我心里想，瑞士人是招呼游客惯了的，看见外国人，所以来拉手吧，便也伸出一只手去和他一拉。谁知拉完以后，他的手还没有缩回去，我便觉得有些奇了。只听他很和蔼地说“票子，先生”，我才恍然大悟，他原来是轮船公司收票的，我未免太糊涂了。三人对着大笑一阵。此时，还只早上八点余钟，我们反正准备畅游这一天，不妨先去一探何纳河之源，乃一直向何纳河入口走去。谁知走了二三十分钟，觉瑞士街道清静整饬固远出法国之上，而何纳河之源到底没有希望，不如改日再作计较，只在维尔纳夫船坞旁徘徊了一下，便折向摆仑大旅馆这边比较热闹的处所走来，各人都买了一点小纪念品，我是一只角质酒杯，刻有维尔纳夫字样的。

沿湖步行了二十分钟，到西蓉古堡。这原先是一个十二世纪的建筑，因为十六世纪初年在这里监禁过一个为争夺日内瓦的独立而得罪于沙维华公爵的牧师（Bonivard），十九世纪初年又经过摆仑的歌咏（The Prisoner of Chillon），所以如此闻名世界。上次我们在爱维昂的咖啡馆里远远望过来，说它似在山脚下，似在水中央，现在知道它既在山脚下，也在水中央——吊桥放下时，古堡与陆地相通，是在山脚下了；吊桥收起时，古堡四面环水，又在水中央了。我们在吊桥边买了一本摆仑的书，拿在手里，便经过吊桥走到堡中去。进门第一层里，最重要的便是监狱。幽暗阴沉，与其他古堡一样，心上受着一种重压，令人转不过气来。因为现在古堡已成为博物馆性质，故愈加陈设得惟妙惟肖，只恨不能起波尼伐于地下而请他重入一次地狱，乃在波尼伐曾被拴的一支柱上特别加以说明，并在柱旁悬一幅大画，画中背景就是这间监狱，丝毫没有差异，只在柱上加拴了一个正气凛然的波尼伐，使观者觉得所游并非博物馆，却明明是十六世纪初年的西蓉堡了。第二三层里重要的有餐厅、法庭、武士住室、公爵夫人卧房等。餐厅食具及炉旁烧烤锅叉，后者铁制，前者锡制，都是十五世纪时物。法庭内且有十五世纪时的木质浮雕天花板。其余武士室、公爵夫人卧室中，其陈设除旧有者一概照原位置外，新添的也特别模仿到古气盎然。至于全堡，自远处望来，如一座石英结晶体，棱角玲珑的，那是它的瞭望塔。塔中窗户，仅像门缝那样一线，大队游客，登临极感不便。幸向导的小姑娘处处照顾，我们得了便宜不少。此小姑娘，大抵十八九岁模样，口头讲得流利的英、法、德语，因为她所带领的游客中。世界各国人都有，所以匆匆忙忙的讲完一口话，即刻又讲第二口，当然在我们以为是流利可喜，在她自己一定以为刻板可厌的了。

出了西蓉古堡，我们又在它的旁近徘徊久之。我们不禁想到了中国。古堡建筑的时代正当中国南宋，西湖也正出着风头。但那时有谁歌咏丽芒呢，看古堡的遗迹，沙维华公爵所豢养的，武士以外还轮不到诗人。而他们毕竟脱出了中古黑暗的时代，古堡只供后人的赏玩了，中国即使早把西湖歌咏到烂熟，现代文明的曙光始终未见，奈何！

我们乘电车到蒙德欧。蒙德欧的夜景，我们头上，是天天望见的。江南的夏夜，老农叹息着，星辰这样多，这样明，明天一定要更热了，蒙德欧的电灯仿佛似之。不过这样明而且密的星辰，我在中国北方及巴黎都很少看见，所以我特别回忆着江南。现在我们到了江南的天上了。这样清静、整洁而又繁华的城市，我在法国几乎没有见过。甚而至于我们不敢拿出茶叶蛋等东西来，怕吃完了以后没有地方放蛋壳。但是事有凑巧，湖边凳上坐着一对美国人模样的男女，已经打开了食物包，而且我们自己也看见了每隔一二十步路有一个字纸篓，虽然十分清洁，里面并没有看见字纸，但是，我们用报纸包了蛋壳，不也是字纸一类东西吗，于是决定另找一凳坐下吃了。

蒙德欧第一可看的东西是古蒙德欧博物院。然而我们踌躇。如果我们是住在蒙德欧的，那么走进古蒙德欧博物院去，看见如此清静、整洁而且繁华的城市，万千年前不过如此，好像住在巴黎时走去参观贾那华勒博物院，一定是很有意思的。然而我们对于眼前的蒙德欧还没有研究，只有一个囫囵的赞美，即使参观古蒙德欧博物院的结果，其能把古蒙德欧的印象清清楚楚摆在眼前了，趣味又在什么地方呢。

我们一边吃茶叶蛋一边商量，结果是舍去古蒙德欧博物院而另提第二个可看的东西，这便是曾觉之兄指示给我们湖边的垂柳。垂柳在西洋是极少见的，诗人缪塞（Alfred Musset）因为爱柳，所以有人到他的坟上去种了一棵，这也许是我们在巴黎看见的唯一垂柳了。垂柳在湖边，凡是中国人谁不神往呢？所以一提出来三人即刻同意，决定吃完茶叶蛋便去访柳。

蒙德欧现在繁华了，所以范围扩大，与邻近四五村房屋都连接起来，克拉杭也是这样的一村。严格的说，蒙德欧自蒙德欧，克拉杭自克拉杭。若论事实，蒙德欧左边确已并合了德利德（Territet）、柏浪墟（Planches）等三四村，左边也包括了克拉杭，甚至有渐向佛佛的趋势。这克拉杭和佛佛，都经卢梭在小说（La Nouvelle Héloïse）里描写过的。尤其是克拉杭收获葡萄的几页，极用力的寄托他那大自然中的家庭理想。今天我们去访的垂柳，便在自蒙德欧到克拉杭去的湖滨一带。

垂柳不是成行的，先看见两三棵，再看见一两棵，这于我们的步行很有用处。我们在柳荫下坐了许久，照着相，谈着天，忆念着中国风景，然而时间难免不够了，正是舍不得走的时候，前面又来了三五棵，于是我们舍此就彼，这样一路的过去，直到克拉杭。

克拉杭表面一看，无非是蒙德欧的缩小。现在要找葡萄园，恐怕难了。此外，这里有几个名人墓，我们也无心去看。我们把克拉杭只看作访柳的终点，终于硬起心肠，登上电车，向着佛佛的方向去了。

佛佛的交通很繁盛，又因为对湖是梅叶离而愈加得名。卢梭、摆仑曾经描绘的痕迹，至今游客还在仔细摩挲。我们先在市场旁近转了一个圈子，观察了一下佛佛的大势，时已将五点，乃在咖啡馆坐下休息。因见有条告不卖酒，便打听他缘故，他说这是公共团体发起禁止的，本城有十二家咖啡馆自动不卖酒，我们如果要饮，他备有没有酒精的果子露。苹果的、梨的、葡萄的，我们饮了，味均甚好。我们直坐到轮船靠近码头，才放下杯子乘船回圣祥哥尔夫。

七月二十九日——山村

前日在湖上只是打了一个小圈子，竟然疲倦到连昨日上午也无意出门。所谓一个小圈子者，就是由钱塘门到苏小墓，或者说由圣祥哥尔夫到佛佛，这可见丽芒与西湖的面积相差实在不少。在西湖上，不但由钱塘门到苏小墓，就是整个的外湖一周，我也和三弟用半天工夫一同绕过。现在这里有了轮船和电车的帮助，费了整整的一天，结果还落的两腿酸麻，把昨日游诺得尔的原约也打消了。幸而我们当中有一个勇敢的少年，昨日午饭时分，大家的疲倦渐见恢复，他便提议到近地走了。所谓近地者，就是与圣祥哥尔夫相距五基罗米突的蒲佛孩。昨天是蒲佛孩赛船的节日，尤其引动少年英雄们的视听，我们便在烈日下步行着去了。我们到时正值开赛。司令者高叫村名，闻令即有三人快步跑到司令台前，解缆、取舵、携桨、下船，举动迅速，唯恐不及。下船后一人司舵，二人司划桨，飞向湖心驶去。湖心植一红旗，船绕红旗以后，即转舵回向司令台。评判员手持时表，我们虽在远处，也响应着司令台的举动，各人拿出自己的时表来注视。自出发时起，直到船回司令台前，重新系缆，并将舵桨等物安放周妥，第一村需时四分五十秒。然后，司令者再叫另一村选手三人动作如前。我们一起看了五六村，最后，有四分半钟的，最慢也有五分半乃至六分钟的，但竟不见有圣祥哥尔夫的选手，也不闻司令台上高呼圣祥哥尔夫的村名。这可见我们这个村子实在不大，平日就甚少听见说起有所谓运动员，昨天的不能与赛自是意中事了。圣祥哥尔夫既没有代表，一村一村的照例举动在我们看来也厌恶呆板，头顶上的烈日逼人实在太甚，而到底昨日的疲倦尚未完全恢复，有此种种原因，我们于是看赛船不能终局，便乘轮船回圣祥哥尔夫了。三人约定早早休息，今日一定同去游诺佛尔山村。

诺佛尔山村便是德立发夫人说过前四年曾遭火灾的那个村子。村子是属于法国的，位在溪流的上游。如果从法半村上去，那道路是极为简单的。但我们偏由瑞半村上去，一则喜欢它道路曲折，行人稀少，可以多接近些山野风味！二则溪流是透早一定要渡过的，在天天必经之路的桥上再去与两国关吏各道一声“好吗”有什么意思呢，倒不如由瑞半村上去，把渡溪这件事留作听天由命的解决，什么时候有一条溪流放在我们眼前了，什么时候我们认为有渡溪之必要了，我们才渡溪到法国地界去。

我们先走过贝格杭木屋。我曾说，它像一座象牙雕刻品放在绿绒桌毯上。我们今天，就是钻向这绿绒深处。说也奇怪，在赏鉴贝格杭木屋时，这绿树、绿草以及绿色的一切，便是衬托这象牙雕刻品的桌毯，但是一旦像微尘般的三粒钻向这桌毯的绿处深处去，却见里面依然有枯黄的树叶，有平坦的道路，有野生的红果，有嘤嘤的鸟语，似与绿绒的织成完全无关的，又似与绿绒的织成完全无妨的。绿绒之所以为绿绒，就是枯叶、道路、红果、鸟语等等的总和吗？还是绿绒之所以为绿绒，就因为它能容纳这枯叶、道路、红果、鸟语等等似无关又似有妨的东西，才成其为绿绒的纯绿呢？这不是微尘们的眼力所能见到的了。

微尘们的眼力究能见到多少呵！离我们的前面大约十丈

路，一位全身黑衣服的老太太，背着一个白布包袱，一步一步的朝前走去。

“教士看报！教士都看报吗？好关心时事呵！但教士在路上看报，我却今天第一回见”

这是三粒微尘中最少年的一粒说出来的，那其余的两粒此时如坠五里雾中，真不知道他说的什么。及至详细追问，那少年的右手指着前面的老太太，却令那两粒微尘笑不可抑，但此时轮到少年的一粒如坠五里雾中了，又转向其余的两粒详细追问。那两粒中的一粒抑住了笑，叽咕他的近视眼说：

“将包作报，认女为男，不辨腹背，妙哉怒安。”

三粒微尘又大家捧腹大笑一阵。

一路行去，不久却追上了这看报的教士，我们互相招呼了。原来这位老太太一边慢慢行路，一边手上却编着毛绳工作，使得她的步履慢而又慢。这也是我们这位少年所以不辨腹背的一个原因。从此四人一同走去。她自是不及我们走得快，但我们有时忽然听见溪流的声音了，站下求神往一回，有时忽然看见什么不经见的奇花异草了，又站下来赏鉴一回，于是老太太赶在我们的前面了。这条一层一层盘向高处的路，因为是在丛树之中，所以如此清幽，如此静穆，几乎清幽静穆到令人不敢走了，如果是在中国。一直到略见村宅的地方，溪流渐收渐小，只要一棵杨树倒在溪上便可以渡岸了，于是我们就靠着这棵杨树及溪中几块大石头的帮助，轻轻松松的又到法国了。

杨树是不认得什么国界的，“只要能聊起你们来，倒了我怕什么呢，”它第一天倒的时候也许是这样想的吧，只是渡过溪流以后，却分别了看报的教士。她行了一路，虽慢也感疲倦了吧，就在草地里坐下了。我们所以能在杨树上跨越国界，却也靠她的指示呵！

渡溪就到诺佛尔。一早动身，此时已十一点了。照指南云，从圣祥哥尔夫到诺佛尔，步行但需一小时四十五分钟，我们竟行了半天，因为我们是与看报的教士一般快慢呵。然而无论如何走的慢，其需要休息却是一样，于是便在两三棵大菩提树下坐定，这是一个旅馆（Hotel Grammont）的院子，设有餐桌等等的。院子中除了我们三人以外，只有和我们同住在圣祥哥尔夫的一队旅行的中学生，恰也陆陆续续的来到。但他们是要到勃朗夏峰（Mont Blanchard）去的，当然不像我们一般闲散。前锋的一部分同我们休息了一会，待殿军的教师来到，只停了我们寒暄几句的功夫，便又率领着大队走了。院子里又只剩下我们三个人。

旅馆的侍女是安纳马司人，姓了一个法国诗人的姓（Musset），却又取着一个中国诗人的名（Blanche），已够给人一种好感了，何况再加上殷勤的招呼呢？我们打量这旅馆，虽然也很阔大，但似乎并没有客人，甚至像我们这种过路吃一顿饭或饮一杯酒的，除了我们三人以外也竟没有第四个来到。不错，游人所最注意的是特点，本村的特点在什么地方呢？的确不大找得到。固然如德立发夫人所告诉我们，火灾以外新屋比前更高大，村人也比以前更富有了，但这种高大与富有，是山村地方的高大与富有，要说到能引起游人的注意，那到底还有天渊之隔哩。村中或者产出过诗人吗？没有听说。村名或者曾见于什么载籍吗？没有看见。如曾有之，我想一定不如现在一般寂寞了。它的特点，依我想，有是有一个的，便是山村。因为湖边的村子，全是近水的，人或厌倦了湖边生活的时候，一定会惦记山村，但可能性到底太小了。那么这样大的旅馆有谁养活它呢？这位姓诗人之姓而又名诗人之名的小姐告诉我们，同时，我们也在旅馆招牌旁边一块小牌上看见了，这里是阿尔卑主义者（游山客）俱乐部的支部。即使绝对没有外客，只是本会会友来往的招待，当然是较为便宜的，也已够它一年的开销了。这位安纳马司人的侍女，只来帮六七八九共四个忙月，除了这四个忙月以外，倘有生意，老板娘自己出马做侍女的了。

“人家介绍我来，我真想不到是这样一个寂寞的村子!”

“本村人还不少吧?”

“大约一百人，不会再多的!”

她虽然十二分殷勤的招待，自己却抱着一肚子的牢骚。但我们到底与她略有不同，除了同情于她的寂寞以外，我们觉得这样的小村子确也小得好玩。她对我们说，本村没有邮局。只有一个女邮差（factrice）每天下山去一趟，将本村的信送下去，同时将别处寄来的信带了上来分送，这样一趟便完了。女邮差这个词，平常是极少见的，因为略大的村子，大抵便用男邮差（facteur）了。诺佛尔居然小到用女邮差，在我也觉得好玩，不像诗人小姐那般哀矜勿喜的。

至于饭菜，却极不寒酸；火腿菠菜泥，子鸡与炸马铃薯，平常乡下饭馆里都未必有的。我们众口一词的满意极了。饭后大雨，我们搬到里面客厅里去坐，直到五时许，觉得如果再不走，只有做阿尔卑主义者，在这个旅馆里住夜了，于是冒着雨，由法国路回到圣祥哥尔夫。三人心中都替那班到勃朗夏峰去的中学生着急。

八月一日——瑞士国庆日

自诺佛尔山村回来以后，雨丝陆陆续续地不断。但我并没有什么不满足。我觉得天好便出去游湖，不好则在家谈天，而且从窗口看湖上的雨景，一样都是快事。间或也有雨住的时候，如前天下午，我们便到湖上去钓鱼，如昨天傍晚，我们便到轮船码头去看落日。可惜钓鱼的成绩依然不好，前天五个人乘了划子出去，自己三个人以外加了两个本地邮局里的小朋友，居然钓不到一条鱼回来。当初还怀着好大希望，后来逐渐减少，少到绝望。但那两位小朋友兴味好，尤其是亚尔培，觉得即使没有鱼也该有别的战利品来抵偿才好，于是在水面上看见东西便捞，而且大胆的驶去，几乎要到对面的蒙德欧了，才载了满船的木头柴块驶回圣祥哥尔夫。

昨天下午到轮船码头，看雨后的南山（Dentsdu Midǐ）。丽芒湖上色彩的变幻，本较西湖复杂，其中尤以南山的变幻为最动人。如果照它那样多的变幻推测起来，南山的本身可以说是没有色彩的，完全随着它周围的一切而为转移。但是，它毕竟朝朝暮暮都在那里，与它比较接近的或有意研究它的人们，难道说不出一个它最爱表现的色彩么？我说有的，是肉色。以肉色为基本，再在这肉色上面表现出它的喜怒哀乐等等来，这便是在丽芒湖上所看见的南山了。昨晚正常雨后，夕阳在日内瓦一角，光射到南山上，只一二十分钟，我们竟有眼福看到它在闭幕以前表现最精彩的一出，而且是在丽芒这面大镜前，它既不是刘姥姥般会把自已的影子认做亲家母，自然只有神采更加焕发，映带更加多趣。

今天是瑞士国庆日。我们三人都是外客，虽曾躬逢法国的热闹国庆，但对于瑞士情形不熟，不便先向他们问长问短。而且我也想到，法国人的爱热闹，自有他们的特别国情，别国未必和他们一样。凡在这种热闹的大节日里，我想酒是一个热闹的重要分子，而瑞士却是一个禁酒的国家，阅兵也是一个热闹的重要分子，而瑞士却是一个局外中立的国家，所以我们料定，即使有若何繁多的仪式，也一定不和法国一样的了。

但我们只是默察。房东德立发先生在轮船上工作，昨晚并没有回来。丽芒湖上的轮渡是只开六个月的，也像诺佛尔村的侍女只帮四个忙月一样，一交秋冬，游人稀少，轮渡既然停止。德立发先生便家居了。家居的六个月，依然支付半薪，然德立发先生决不肯闲荡的，在这休息的六个月里他便做木匠。至于在作工的六个月里每月四个礼拜日是并在一起休息的；我们也看见过在休息时期里的德立发先生，那是一到家，连轮船上的制服也没有完全脱去，便取一把锄头到园里去工作的。从这些情形推测，今天国庆日的不放假也是当然的了。

德立发夫人是德立发先生的后妻。她自己对我们讲，她在没有和德立发先生结婚的时候，是日内瓦一家大银行里的厨子。所以她不但懂得许多上等筵席的烹调方法，她还善于制作精细的点心。她常常回忆日内瓦的繁华，因为我们打听她到日内瓦去的船价，便给她一个讲述并赞美日内瓦的机会。又因为她常想表现她那高明的手段，所以常常怂恿我们吃这个那个菜，吃这个那个点心。她的工作是一天到晚没有休息的，不是在家里洗衣服或收拾屋子，便是到园里去种菜；不然，便到别人家里去搜罗了衣服来洗；再不然，便到美景旅馆等处打听，是否需要工作，去给他们在厨房里帮三天五天的忙。她对我们说，她曾经替人担保一笔木器店的账款，她那朋友后来搬了木器到别处去住了，这笔欠款完全由她付出。因为上了这个大当，所以非再这样苦苦的工作三年，是填不满这个亏空的。这固然是她苦苦工作的一个理由，但我以为在这样普遍爱作工的空气里，即使一旦还清了亏空，德立发夫人决不会好吃懒做的；不然，圣祥哥尔夫全村不见有一个好吃懒做的人，难道他们都因为有着亏负吗？在中国社会里，时常看见有好吃懒做的，例如我自已，难道因为我是富翁吗？决不然的，只是因为情愿饿死，懒得作工罢了。

德立发夫人是这样爱作工的，她今天国庆日不休息倒是意中事；只是她也这样爱怂恿我们吃这个吃那个的，昨天晚上何以竟不怂恿呢？德立发先生前妻的子女，大抵都长大成家的了；只是这位德立发夫人有一个独子，叫亚利斯底特，与法国内阁总理白利安同名，我们常常叫他内阁总理的。他父母因为中年以后得子，所以特别疼爱他，尤其是德立发夫人，工作一有余暇，真是珍护之唯恐不至。但何以今天一早起来他连一件新衣服也没有着呢？从这些小地方看来，大概国庆对于德立发夫人并十分重要的了。

然而村庙里的钟声终于响了！

在一个远客的心情里，每一下钟声都敲出瑞士独立的模糊印象来。屈指一算，瑞士是十三世纪末年独立的，到现在已有六百五十年光景了。初独立时只有三州，现在共二十二州，那十九州是陆续加入的；这种一州一州的加入，还不是因为闻了今天早晨一般的钟声而艳羡才来加入的吗！和平真是引动人的钟声呵，尤其是从一个战争国里跑来的远客。

午间在门口遇见贝格杭先生，他正衣冠楚楚的从街上回来。这不消说，今天早晨村庙必有国庆的仪式，而贝格杭先生衣冠楚楚，一定是团拜完了以后回来了。现在我们只要打听晚上是不是还有花炮等等娱乐。昨天在大路旁看见搭好一间临时篷棚，里面挂着瑞士国旗，安好电灯，一定是作今天晚上跳舞之用的了。

于是我心中有了一个大略的概念。瑞士小村的国度：早上在村庙鸣钟，村人聚集团拜（如贝格杭先生），因工作关系亦可不参加（如德立发先生一家），晚上则有跳舞等。

然而这种杜撰的概念到底是不值一笑的。午饭时分，怒安兄来了。他带了好些消息来。第一，村中死了一位七十八岁的老先生，他一生工作，从未停歇过，直到昨天为止。他是村人的好模范，他死了村人都哀悼，今天早晨在村庙里为他举行丧礼。

“那么今天早晨的钟声，是丧礼不是国庆了？”我问他。

“是丧礼。”

“贝格杭先生衣冠楚楚的也是参加丧礼去的吗？”

“自然是的。”

“那么对于国庆，本村竟全无动作吗？”

“照例是今天白天如常工作，傍晚工作完了后，全国大小各庙鸣钟举行国庆。但因本村只有这一口钟，丧礼固然敲它，火警也是敲它，再不能负国庆的第三重任务了，所以本村今晚不鸣钟。只是沿湖各村的烟火是有的，晚饭以后到湖上去一定大有可观吧。”

晚饭完了以后，在我们窗口对面的山上，黑一阵白一阵的云块，跑也似的经过，好像特别向我们为了晚上的花炮等候一天了的远客示威似的。不但经过而已，又渐渐的沉下来了，渐渐的放出雨点来了。这怎么好呢？“不要紧，现在尚未安静，即使出去也看不见花炮，而且有花炮也未必在此刻放。”于是三人又静下。而雨点却从未静下。直到真的完全安静了。三人乃冒着雨出去，在平常晚饭以后必去一转的轮船码头上站着。果然不错，蒙德欧、佛佛、洛沙纳一带的山上，平添了许多红灯，这一定便是花炮的出发点。我们只要等着好了。等着，等着。水云布满湖上，连蒙德欧等的红灯也渐渐被它遮蔽，蒙德欧平日像夏夜星辰般的灯火也完全不见了；这时候忽然想起了本村大路旁的临时篷棚，便跑到那里一看，见有两三对人正在跳舞，但我们已经全身湿透，不能不回去了。

八月三日——在贝格杭木屋

像一件象牙雕刻品放在绿绒桌毯上的，是贝格杭木屋。进去一看，大雕刻品旁边还摆着许多小雕刻品，这是贝格杭先生放在草地上的蜜蜂箱。他和贝格杭夫人，两人一样的都是整日工作不辍，而且工作是事无巨细的。如果前天看见他衣冠楚楚的吊丧回来，以为他平常也是如此，那真是外国人的观察，完全靠不住的了。单就我们看见的说，他有时拿了大镰刀在割草，有时拿了耙在掘地，有时拿了耜在种菜，有时拿了罐去挤牛奶，有时拿了糖在喂蜜蜂。工作是繁复极了。他大概是四十上下的年纪，谈吐是极其温雅的。

“我曾在师范学校毕业，而且当过多年小学教员，”他对怒安兄讲，“但我不愿意再教下去了。我怕作文。要我出题给人做，做后给人改，固然觉得困难；即使有着题目叫我自己做，我也觉得看着题目，无话可说。”

这段话是怒安兄转述给我们听的，他对我们比较客气，还不能讲到这类体己话。

“但初等代数学与文法分析是他的专长，”怒安兄又接下去说，“即使现在拿一个代数题或一句复杂的句子叫他解析，他还可以立就无难色。”

“这是中国人所谓耕读的生活了。”

“但他也曾做过保险公司里的事情，所以保险事业他也有点内行；不过他的终身事业恐怕总是养蜂了。对于养蜂，他已有许多独得的经验。”

“其实单是养蜂，工作还要轻松些哩。”这又是我贪懒的人的观察了，一开口便是轻松这类字眼。

“他也这样对我说，”怒安兄答道，“现在因为前年建造这木屋的时候，负了不少债，不能不这样工作，再工作两年，还清了这些债，那时便只要养蜂，身体可少辛苦一点了。”

真不愧为同村人，这计划完全与德立发先生家一样！

我们怎么忽然谈起这些话来了呢？因为怒安兄此刻来是受

贝格杭夫人之托，催我们快到木屋去吃茶点的。贝格杭夫人有艺术的天才，画有丽芒风景多幅，笔法极为工致。又擅音乐，虽然一天到晚上工作着，但间有钢琴声流播出来，传到我们耳里。她是本村人，从前她父亲在瑞半村里开着一家瑞士旅馆，她和她的两个妹妹是这旅馆的少东。就在那时候，她受了很好的艺术教育，后来也当过几年小学教员。不幸这旅馆因为生意不好，且与人涉讼，终于关闭了。而贝格杭夫人，却把青春消磨在这丛脞的家务里，至今谈及，还是感慨系之，她的一个妹妹也快四十岁了，至今未嫁，做的一手好点心。据怒安兄云，今天茶会的点心，就是这位小姐的佳作。

我们到了木屋，见了贝格杭夫人，她即将她那妹妹介绍给我们。她的相貌和态度，与她的妹妹一点也不相像，圆圆的脸，略带健康的红色，高高的身材，和着一口飞快的话。坐下不久，贝格杭夫人便将茶点搬了出来。现在作品和作家都在眼前了，我们不由得饮了一回茶。问起贝格杭先生，说是去接小姐了。

“六点钟可以回来的，和我的女儿，她住在祖母家里快一个月了。”

“可爱的靡靡姑呵！我一天到晚同他玩的，”怒安兄转过头去对三弟说，“我说有一个长头发的画家快要到圣祥哥尔夫来住了，她因为在图画上看见过中国人有辫子，以为长头发当然就是辫子了，当心等一会见她回来问你要辫子呢。”

此时我们坐在木屋的廊下，时间快到五点，太阳离下山固然尚远，但光线已经倾斜，不像刚才炎热了。廊下有太阳光的一面，遮着帆布帐，微风吹来，布帐翼翼的作响。那没有布帐的两面，好像是一幅大立轴，一幅大横批，画的都是丽芒湖景。

我们正在一边谈话，一边对着风景出神的时候，看见远远的丛树旁边，两个戴着白馄饨帽的“姊姊”来了。我和二弟相互看了一眼，两人都就明白。今天下午我们在家的时候，听见外面敲门，出去看时，是两个“姊姊”问德立发夫人在家否，我们答以不在家，便要把门关上了。

“先生们，我们是里昂修道院里出来募捐的，”她们不等门关上，其中的一个急急忙忙的向我们说，“德立发夫人不在家也不要紧，先生们可以出一点吗？”

出一点倒未始不可以，不过第一我们不知道本地的规矩，出多出少都怕不合适；第二这种急急忙忙的，有孔便钻的，尼姑道婆的神气，却有点令人不快。我们于是答她们，等问了德立发夫人以后给他们送去。

“多少没有什么关系的，你们愿意出一点吗？”

这近乎硬讨了，我们仍咬定主意不给，口头只答等问了德立发夫人再说。她们的态度本来是不好的，此时更不好了，“咄”的笑了一声返身便走，连临走的招呼也没有。

现在从丛树旁边远远走来的，分明就是这两个宝贝。我和三弟都不响。不料这回急急忙忙的，却轮到贝格杭夫人了。她一瞥见远远的这两个宝贝，便打断了她在筵上的一切酬应，很抱歉的对我们说道：

“真对不起，我得赶紧出去，这是圣法兰西斯修道院来的。”

说罢以后，她快快迎出去，一直从丛树旁边把她们迎了进来——还不即可进来哩，先在门口园地里看看花草菜蔬。贝格杭夫人一边对她们讲园蔬的时候，她们却用眼角一边打量着廊下的一切：一个贝格杭夫人的妹妹；三个中国人，其中两个便是刚才在德立发夫人家里不肯出捐钱的。这些还不十分重要，一件最重要的发现是席上没有靡靡姑。

“靡靡姑呢？可爱的靡靡姑呢？我们专为看她而来的。”

为母亲者的心上，闻人提爱女哪有不快的呢？于是将六点钟可以同父亲一道回来的话对她们说了。然后，三人走到廊下来，贝格杭夫人给我们介绍，两方面都当不认得，像初见一般的招呼了。还有小姐，是不必介绍的。两口机警到极点的谈锋立刻转向到她：

“啊，我知道，这一定是小姐的佳作了。小姐一向都好吗？”

贝格杭夫人引她们到室内，重新为她们煮菜，又为她们拿出点心来，这点心也就是她们所赞美的佳作。问长问短，说这个谈那个，直到五点三刻，贝格杭夫人已经将捐钱给了她们，这两位专为看靡靡姑而来的姊姊却等不得这十五分钟而要走了。临走又经过廊下，极客气的来同我们招呼，其中的一个从口袋里拿出一沓照相明信片来，挑出一张放到我们三个中国人的面前说，这是她们法兰西斯派在中国所做的工作。我们一看，知道是法兰西斯派在山东宣教时所摄，中间站着说教的是法国教士，旁边围着若干穿棉袍子棉鞋的人听说教，如此而已。但这却令我佩服了，原来她们在室内吃点心的时候，还在那里以计划对付中国人的方法。在她们的意思，以为刚才在德立发夫人家里，两方都觉有点不欢，现在这样一谈可以对付过去了。哈哈。

贝格杭夫人姊妹送着两位姊妹出去的时候，怒安兄向我们咬了一下耳朵：

“小姐也是坐不久的。她不愿见姊夫之面，所以等今天姊夫不在家而来探望阿姊。”

“太乖巧了，什么地方给你打听来这种女太太们的消息!”

“但是，我还有一件发现在这里呢：两个尼姑所以急急忙忙要走，一定也为怕贝格杭先生。”

三人谈话未毕，送客的两姊妹已经进来，果然，小姐向她姊姊及我们道了歉走了。

这时候廊下只剩了我们四人，各人心中都望着靡靡姑的到来。正在这万木无声待雨来的时候，我们向贝格杭夫人提议，前几天说过我们来做一顿中国饭的，现在趁靡靡姑回家的机会，这顿中国饭就算作今天的晚饭吧。贝格杭夫人十分的欢迎，只怕今天时候太晚了来不及。其实中国饭这个词儿，含义非常复杂，要说它来不及呢，便再宽限我们十天八天也未必来得及；要说它来得及呢，只要有每人一双筷子，中国饭的条件便已十足具备，盘子里面装的是什么菜蔬可以不论的，而恰巧我们刚有筷子多带着。如果在巴黎，我们至少可以到“中法隆”里去买些江瑶柱、虾米、海参之类，再加上一瓶中国酱油，中国味道便十二分了。即使不在巴黎，只要在相距仅十六基罗米突的爱维昂，能够买到新鲜的鱼类，中国厨子的思路便要开展得多哩。圣祥哥尔夫不是买不到鱼类，虽然我们不知道在哪里买，我们却在美景旅馆里吃过，只要向美景旅馆一问便明白了，而此刻已是下午六点钟光景了，还谈得到这些吗？反正基本是筷子，有了筷子以后，无论什么东西都可以在这基本上建筑起来。

三个中国厨子正在推敲他们那一篇创作的时候，刚才看见两顶白馄饨帽子的丛树旁边，一个七八岁的小女孩后面跟着一个提了行李的男子向着木屋走来了，这是贝格杭先生和靡靡小姐。母亲是说不出的欢喜，但是，女儿见了生人，却也说不出的畏惧与羞涩。贝格杭木屋里面的家教一定是无微不至的，而靡靡小姐又天生是一个清寡的性格。她见生人几乎怕得要哭，但懂礼节的姑娘怎肯哭出来呢，连口唇的震颤也用劲的压了下去。她刚刚把心定住了，便伸出手来与生人们一握，之后还睁圆了眼睛向着人一个一个的看，看了几分钟，生人们劝她去休息，便同着母亲进去了。这边三个厨子依旧推敲他们的创作。

七点钟模样，报道中国饭已经成功，诸位都该就座了。这回的靡靡小姐，已完全变了样子，和刚才行装甫卸的时候大不相同了。她已梳过了头发，换上了衣服。母亲一定已通知过了她，明天要请长头发的画家替她画像。她已经能和我们应对了。她即刻明白了今天晚饭席上她处的是什么地位：她是主人，但她也是客人。这个态度是处处看得出来的，也处处随着她母亲的。但她父亲还没有到，他回来放下行李，换去衣服，便到牛房里挤奶去了。怒安兄跑去通知他，才把他请了来，于是六个人就座。

每人面前除了刀叉以外是一双绿色建漆的竹筷。

像魔术般在一个钟头以内变出来的中国饭是：白菜肉丝蛋花汤，火腿蛋炒饭，茶叶蛋。

如果报出或者写出，这三个菜的中国名字来，一定是怪刺眼和刺耳的，好像算术里的公约数一样，“蛋”字实在值得约去几个才对。但是在吃的时候，竟丝毫觉不出架床叠屋来，只觉得火腿炒饭和白菜肉丝汤是主体，蛋花只是各样菜里都有一点的作料罢了。贝格杭夫人说得好：

“中国菜里的用鸡蛋，好像我们用奶油一样，各种菜里都放一点。”

被她这样一说，倒把我们刚才枯窘的思想掩饰过去了。

如果在中国，用这样三个菜请了客，连穷乡僻壤都会笑掉牙齿的吧。然而他们，无论父、母、女，都觉得非常满意了。

只有茶叶蛋，是实实在在的茶叶蛋，即使走到天边，也不会把茶叶当成主体，鸡蛋变为作料的吧。

饭后又饮茶；因为我们住在湖边已近两礼拜，稍稍吐露了一点想回巴黎的口风，贝格杭夫人即有胜会不常的感慨。就是我们也何尝舍得了丽芒呢？好在三弟要给靡靡小姐画像，我们总还得有几日住哩。

八月四日——日内瓦

我们已经在丽芒的大湖这一边就是何纳河流入这一边游过一个小圈子了，今天却去游何纳河的出口就是小湖的尽处的大城日内瓦。

我们今天的粮食还是承上章：茶叶蛋。虽然预备走陆路，要过两次国界，先出瑞境入法境，再出法境，再出法境入瑞境，但茶叶蛋决不是违禁的物品，所以放心的带着。

第一道国界是本村的，关吏见我们带了手提，便问回巴黎去了吗，我们答以到日内瓦去，晚上还是要回来的，于是在法半村上车，经爱维昂、多农等而至安纳马司，这便是第二道国界了。在第二道国界里，却没有第一道那样容易；只是在同车站内，从这道月台走到那道月台的一点麻烦，为了验护照、检查行李和等车，足足费了我们一个小时半的功夫。自安纳马司到日内瓦，便只有十几分钟了。

从圣祥哥尔夫出发，直到日内瓦为止，这一条路可以说是不会离开湖边。我们虽然在火车里，却仍一眼不放的赏鉴着湖景。车上遇见了何尚平君，他今年夏天住在安纳西，今天去逛日内瓦，也和我们一样预备早上去晚上回来的，碰的真是巧极了。我们九点半到日内瓦。

日内瓦给我的第一个印象是清静，第二则是富丽。在这两点上，到底同是瑞士的城市，日内瓦仿佛是蒙德欧的放大。

我们决定上午看博物院，下午看风景。先看拉德博物院，次看美术历史博物院，一直看到十二点钟，才出来坐在梧桐树下吃茶叶蛋。

倒不是因为一叶落而天下知秋的预感，我们在梧桐树下时，不知怎的，忽然觉到暑假旅行快要完了。

“昨天贝格杭夫人听说你们要走了很动感，你们到底还有几天可以住呢?”怒安兄忽然提出了这篇昨天未曾完稿的别赋。

“还是先问你吧，你预备什么时候离开丽芒呢?”

“我是不成问题的，反正巴黎的房子已经退去了。现在巴黎满是游客，回去很没有意思的，不如在这里一直住下去，只要巴黎大学开课以前赶到就行。”

“我们恰恰相反，我们的房子没有退去，现在天气略见秋凉，应该回去了。而且我还预备用极短的时间去看一看安纳西与蒲尔志呢，春苔是从前去过的。”我对他说。

“那么，你们在未离开丽芒以前，应该先去看一看弗利蒲(Fribourg)。我是在你们未来以前去过的了。弗利蒲圣尼古拉大教堂里的风琴是天下闻名的。其中有一曲名叫《阿尔卑斯之雷雨》的，听去真如置身雷雨中，值得去听一听。”

“是的，”三弟接下去说，“我有一个朋友阎宗临君在弗利蒲，他已写信来邀过我们了，我们一定去看一看。看了弗利蒲以后，索性也顺便看一看伯尔尼。”

“只是丽芒湖上，我也还有一件心愿未了哩。”我希望着说。

“什么心愿?”怒安兄先茫然，又着急了，想了一想，若有所悟，“啊，啊，我知道，我知道，伏老记得‘诗人小姐’了，要想再到诺佛尔山村去看一趟，是不是?”

“记得不记得是心上的事情，倒不在乎一定要去看一趟。不过，我的心愿远没有这样美，比重访诗人小姐的事要迂腐得多哩。”

“那么你且不要说，让我猜一猜。”

“不过这种事情说出来极简单，实在值不得你诗人少爷的一猜的。这是我的老脾气，和你们常说我动不动便要翻语源字典的脾气是一样的，我天天看着这丽芒湖的一鸿清水，总存心要想去探一探何纳河入口之源!”

“唉！这无论什么时候都可以去，还值得这样小题大作吗?”怒安兄似乎失望了“倒是乌希洛沙纳也该去看一下的，你们到弗利蒲去的时候经过好了。”

我们一边说话，一边吃东西，四面也看看景色，因为博物院出来这块休息的地方是在山上，所以有居高临下之势。三弟眼光锐利，发现了远处一条喷泉。

“这可了不得!”我说，“我们现在是在山上，虽然有房屋遮着，但这条水明明是从平地喷出来的。却喷得比我们坐着的地方还高。这一定就是我们在风景片上见过的所谓日内瓦大喷泉了。”

这时我们已经吃完东西，便望着喷泉的方向走下山去。一走到山下，虽然我们三人都是第一次到日内瓦，但三人都不约而同的叫出来，“啊，原来就是这里了!”好像都曾经来过似的。这是因为我们住在丽芒边上已经那么多日，一看见丽芒湖水，便觉着到了家里；而且我们在来以前，已经把日内瓦的地图看过多次，尤其是这最重要的一块地方，就是丽芒湖水流向何纳河的一个关键，是这样简单明了而容易记得的。

我们先在英国公园走了一圈，以后便坐着看喷泉。

丽芒湖一到了日内瓦，已经渐渐成河，所以日内瓦两岸相望，已有如在苏彝士那般的风味了，两岸各筑出一条堤来，拱抱着湖水，这大喷泉便从右岸堤尖上喷出的，如果远看，就觉着整个丽芒的小湖，是一个大喷水池。喷泉旁边是什么建筑物或雕刻品也没有，好像是原有一园竹，可惜全园砍去了，却剩着这一颗当风摇曳着。或者更像些，是一支大鹅毛笔，整日插在碧蓝的大墨水壶里，却等不到一个巨人，来握着它写出能使普天下人讴歌的文字。

虽然丽芒与何纳，在日内瓦已经是一而二二而一的东西了，但是毕竟有着人工的界线，这便是一道有名的白山桥（Pont du Mont Blanc）。白山桥的所以命名，照指南上云，是因为天气晴朗的时候，可以在桥上望得见白山。不错，今天天气确是晴朗，而且我们跑路，跑得把刚才吃茶叶蛋时的一点秋意又跑去了，我们正需要着白山呢。白山的整年积雪，夏间虽有中午一二小时是融化的，但这能动得了“白”字的分毫么！我们走到白山桥的中段，向右斜看过去，群峰的后面，白山居然在望。这是和望梅止渴一样的，电影院里夏天尚且以映演雪景为时髦，何况是真的雪山摆在眼前，有不森森然从头顶凉起凉到脚跟的吗？

白山桥下有潺潺的水声，则是何纳河经过丽芒以后，重新在这里起头了。这一起头，前途可真远大哩。不但就出日内瓦流入法国境，而且还在法国境内灌溉许多有名的大城，如里昂、阿维农等等，一直流入马塞旁近的里昂海湾。

我们在白山桥上，面向着何纳河的去路，把白山暂且丢在背后，那第一样看见的，就是河口一个极小又极精美的小岛，名曰卢梭岛，岛上居中一个卢梭的铜像，因为他是日内瓦人，日内瓦人所以纪念着他。我们为爱这精美的小岛，就在岛中坐下饮汽水、拍照、谈天、盘桓了久之。

白山桥左边沿湖的一条路，名曰白山街。白山街中有一段已经改为威尔逊总统街了，国际联盟就在这条街里。我们在湖边一直游到四点钟，乃再乘火车经过两道国界而回圣祥哥尔夫。

八月五日——探丽芒之源

丽芒的去路，昨天在日内瓦看见了。但丽芒的来路呢？自然，圣祥哥尔夫两国交界的一条溪流也可以算作丽芒的来路，而且沿湖各村中像这样的溪流还有不少哩。但是，丽芒因为是一条大河中的一段，所以既有一条总去路，也有一条总来路，这便是我想了久久而未得机会前去一探的何纳河入口了。我探何纳河入口的动机，第一次发动于研究丽芒的地势。照地图上的色彩所示，湖水是用全蓝色的，湖边各陆地，依地势的高下，而为浅深两赭色。但无论浅深，展开丽芒地图来，总觉得是全赭当中一片蓝，万不料忽然生出第三种颜色来：何纳河入口及河之两旁，即非蓝色，也非浅深两赭色，而是白色。我料定这是低地，但总想去一探。

第二次发动于乘轮船经过何纳口外的时候。这一次看见地图上白色的处所是低地已无疑义，低地上且有大小树丛。而且看见何纳入口是黄色，不像黄河入海时连海也变为黄色了，何纳的黄色竟无害于丽芒的碧蓝，却像丽芒有本领将何纳的黄水染成碧蓝似的。次之，我还在轮船上听得何纳入口的响声，说不定这入口的水势急到一个什么样子，也说不定河上是不是可以造一座桥让我们站在上面叹一声“来者如斯夫！”

第三次发动于到蒲佛孩看赛船的时候，这一次实在是一个最近便的机会了，低地及树丛已经看见一部分，只是水声及黄色却都被树丛遮蔽着。如果不因为日光太猛烈，也不因为看赛船而在日光下站那么多功夫，更不因为前一天游了沿湖各村而疲倦还没有恢复，这一次便已经过了。

我第四次的发动和决定，是昨天在日内瓦梧桐树下的谈话，和白山桥上观玩何纳的去路。

今天下午天气虽是阴晴，却甚凉快，乃与三弟一同由圣祥哥尔夫步行而去。到蒲佛孩，果然下了一阵大雨，于是，逃入蒲佛孩车站的待车室里。看法国方面一次一次的来车，和从这里一次一次出发开向法国和本国的。这种火车的来往，我们把它当成晴雨表似的总是说下一次车到时一定可以晴的了。然而不知怎样，在这晴雨表的指示之下，刚刚小了，又大起来，刚刚晴了，又下起来，晴雨表也像是忙得应付不及。一直坐了一小时光景，才像有点把握了，乃沿着大路走去。

我们以为大路一定是环湖马路了，一直走过去，可以通到何纳河的入口。入口上如果有桥，那桥上一定可以行车，有如西湖“断桥”的放大；即使没有桥，也一定有轮渡，像南京浦口间的，也像杭州西兴间的，渡河以后，那边依旧是马路。

所以我们沿着大陆走。万不料走到后来，峰回路转，把一个丽芒湖找不见了。这时才觉悟到马路不是完全沿湖的，因为要避低地，所以只能沿山筑去。倘再不回头，目的地要达不到了。

“通路、小桥、维尔纳夫。”我们回头走了一大段，却仍走投无路的时候，忽然抬头看见一块小木牌，上面写着这样三个词。维尔纳夫是上次我们坐了船去过的，的确是湖对岸的一个村子，再加上通路小桥等字样，那还不是我们的目的地吗？然而，这所谓通路（Passage），实在小得太可怜，简直是中国江南所说野猫路，而且雨后泥泞，即使不至于不通，至多也只能算作半通吧。

路上所看见的，是丛树和牧场。丛树是自己生起来的吧，牧场的分界也只是粗鄙的铁丝栏。牧场里面有大群的牛，大群的马，由一个小孩管着。狗看见有人来了，发狂般的乱吠。我最怕这不可理喻的东西，幸而似乎有人管着，人便住在牧场旁的小屋里。最令人注意的是，一路时时看见小溪，上面架着小板桥一般的东西，下面溪水汪汪的流着。这可见所谓一条总来路的旁边，也还有若干分来路的了。

忽然闻到流水的大声了，忽然见到桥梁的铁架了。这原来就是木牌上所谓的小桥（Passerelle），这原来就是轮船上曾经听见的水声了。

水面并不大，而水流却真急。小桥的目的只为行人，所以两边用阶级，唯一的特点就是轻巧，好像整架桥可以一手提了走似的。下面流水中却仍有两个桥桩；桥桩之薄，可谓薄到无以复减了，其用意是为减轻水流的抵抗力。水流固然是抵抗不了的，但我们从桥上看下去，看见仍有若干枯草树枝等物，随流水而下，附着在这薄到无以复减的桥桩上。

我们在桥上来回走了几趟，尤其是我，正体味着一种达到目的时的快乐。看上流，这样富厚的来源，往古来今抒写着，我不赞叹，我只体味。看下流，这样汹涌的声势，一刹那间消灭了，我不惊愕，我只体味。

急流两岸是矮小的丛树，一半在水中，一半出地面，岸是完全看不见的了。原意不是叫我们看不见，却怕急流看见了，才叫丛树保护着的吧。

我们本想走到维尔纳夫去，但是，时间已经渐渐向晚，在地图上看，急流偏在圣祥哥尔夫一面，到维尔纳夫比到圣祥哥尔夫更远，而且如果走到那边去，依旧是牛群，依旧是马群，依旧是狗吠，依旧是细流，依旧是泥泞的野猫路，这样单调的重复，是我们受得了的吗？我们既然达到了目的，倒不如循原路回来了。

从日内瓦方面照过来的晚阳，把我们的影子拉得异常的长，好像要把我们的耳朵再拉到轻巧的铁桥边去听一会儿水声似的，然而我们与铁桥到底一步一步的远了。

八月七日——从湖边到瑞士腹地

昨天探了丽芒之源，我是得未曾有的快乐。回家即刻写了信给曾仲鸣兄，他们夫妇两位都是丽芒的老友，问他们可曾走过这条野猫路。不料信刚刚寄走，他们的电报却到了，说今天早上到丽芒来看我们。但我们已经定下今天到乌希洛沙纳、弗利蒲、伯尔尼去，昨天写了信通知阎宗临兄。天下事情真有巧极的，如果昨晚的电报改在今晨到，仲鸣兄来，不是整个儿扑空了吗？现在却有稳妥的方法，就是我们两人迎上去，到爱维昂车站里去等他们。

虽然只是两礼拜的小别，而相见时的快乐，却如我昨天探到了丽芒之源。

我先编造了一篇大道理，说这几天住丽芒实在没有什么意思，目的是想煽惑他们同到弗利蒲去听“阿尔卑斯之雷雨。”

“但我总替你们担心着，”仲鸣兄答我道，“万一你们这种书上看来的消息未必靠得住，跑到弗利蒲一问，说是一世纪以前确有这回事，现在老早没有了，却怎么好呢?”

我们谁也辩谁不过，于是曾夫人到旅馆休息，我们三人同逛爱维昂。我和三弟在这两礼拜里，经过爱维昂已三四次了，但都没有好好的逛过，好像有意留下今天畅游似的。

我们照了许多相，吃过了午饭，饮过了矿泉，乘了上山电车看过了山上的景色，凡是爱维昂可以逛的地方都逛过了，而我们的谈话还是没有断，我们都觉得依依不舍似的，于是仲鸣兄又渡湖送我们到乌希洛沙纳。

乌希和洛沙纳，虽然是两个地名，其实就像爱维昂的山上和山下一样，乌希在山下，乘上山电车到山上，便是洛沙纳。

刚才听曾夫人说，丽芒的山景是瑞士岸独享的，自爱维昂望洛沙纳，一点不觉得什么，但自洛沙纳望过爱维昂来，那才美丽呢。现在知道这话真是不错。

游完了乌希洛沙纳，到火车站候车往弗利蒲。我渴极了，而五分钟以内火车便到，不能上咖啡馆了。仲鸣兄去转了一圈回来说，“你们有瑞士五生丁吗？喝水的地方倒有了，只是藏杯的自动机，须得丢进瑞士五生丁去，才有一只纸杯出来。”我们同去一看，果然，但是我们偏偏都没有瑞士五生丁！“管它呢我用法国五生丁来试试看。”一只杯子居然出来了。

“这真叫做渴者易为饮，你又有了通信材料了。”仲鸣兄说罢，三人都笑。他直等到我们开车。

自洛沙纳上车以后，一路沿湖行去，好像初到时沿行法国岸一样，不过，这一回却刻刻印证着曾夫人的至言，觉得遥望法国岸实在美丽，尤其是圣祥哥尔夫，是法国岸中最多高山的一村。虽然明天下午又会回来了，这十余朝暮竟有那么大的魔力，叫人连短期间的分离也不愿意。当火车渐离湖岸，驶向山村的时候，这心情好像重演一度洛沙纳之仲鸣兄。

到弗利蒲以后，问阎宗临兄的住所，正由一位这样可感的教士领我们步行了二里许路的时候，又碰见一位更其可感的教士领我们到寄宿舍而亲自为我们收拾房间整理床铺。头一位是完全不认得的，第二位是受阎君之托而来招呼我们的比来尔先生（Buhler），因为阎君自己住在小湖，来不及赶回了。

什么都靠着比来尔先生，这样一个初次认识的朋友，而能给人这样周到的招呼，我几乎生平第一次见。房间等等妥当以后，他领我们出去吃饭。这里的语言已经是既似法语又似德语的了，他们自己的普通话是德语，和我们周旋却用与法国人说来大不相同的法语。比来尔先生就用这样的法语指导我们一切。连市政厅门口，有一颗带有传说的菩提树，名叫毛拉菩提树（Tilleul du morat）的，也仔细把传说讲述给我们。说是从前弗利蒲和毛拉各个独立的时候，其间曾有着战争，有一个战士从毛拉打了胜仗跑回来，手里拿了一枝菩提树，可惜因为跑得太快，刚到弗利蒲战士便死了。却留下这颗菩提树，至今还活着。

吃完饭一路看着风景，仍由比来尔先生领我们到奏琴的圣尼古拉大庙。照庙门口的揭示，奏琴确有二时八时两次，然此刻已快八时了，何以庙门还关着呢？和我们一样的顾客，也有一二位，一样的在庙门外徘徊。等到八时许，庙门忽然开了，问开门者今天是否有奏琴，他却答道“看人数够不够！”后来居然卖票了，居然开奏了，开奏的时候我点数人数是十八人，可以见他所谓人数的够不够大约是十八上下了。

奏琴的目录，一共有六曲，最后一曲是《阿尔卑斯之雷雨》。雷声之大，真使人毛发悚然。约十五分钟，雷声渐渐远去，雨过天睛的景色如在眼前，而曲终了。曲终出门，外面却有真大雷雨，弄得人几乎是真是幻都辨不出来，庙内的如果是真，庙外的便是幻了，或者内外都是真的，是较为近理的说法吧。

等雷雨稍住，便与比来尔先生同到他为我们整理好的房子，一夜睡得非常的安静。

八月八日的早晨八时起来，问比来尔先生，知九时二十三分有车往伯尔尼，乃与他一同出去吃早餐。他又陪我们上车，直等到车开走。

十时正到伯尔尼。不用说，到伯尔尼第一件事是看熊，熊是点缀伯尼这个词义的。问了一声火车站，说此去过桥便是熊馆了。那么，阿尔（Aare）河既把伯尔尼流成一个舌头形，我们须得通过全个舌头哩。所谓桥者，是怎样的呢？我现在对于瑞士的桥和法国的桥的区别大有所悟了。法国的桥是要行人知道此地有桥，越知道得快越好，经过时越使人留恋越好、经过以后越使人不忘越好，所以是美术家显本领的地方。瑞士的桥是要行人知道此地无桥，越发见得迟越好，但桥名是依然写着的，一见了桥名便使人惊叹原来此地是桥，所以是建筑师显本领的地方。这伯尔尼城舌形地上，共有三条这样令人看不见桥的桥。我们经过时如果不望一望水，真不知道正在走桥，只以为是一条长路，一条两边没有房屋的极长的长路罢了。但是桥身虽长，我觉得桥名比桥身更长：从右颊搭到右舌边的名叫Kirchenfeldbrucke，从左颊搭到左舌边的名叫Kornhansbrucke，从舌尖搭到唇上的名叫Nydeckbrucke，真是长得可观了。

从火车站到熊馆，就是说从舌根到舌端的一条大路，是伯尔尼的繁华部分。我们看完熊以后，便逛这条大路，同别的外国人一样，赏鉴钟楼的大自鸣钟。这条大路不过二三里长，但每一里许有一个钟楼，一过钟楼又换一路名。路旁有一著名大庙（Cathedrale münster），我们便进去参观。逛庙我在法国已成习惯，但法国的庙是尊严的，因为常常有人跪在那里，我们游人也不由得祭神如神在起来。我常常凝想，在这种大庙里，光线依然保持它原有的幽暗，空气却设法输送些新鲜的进去，也没有人相信神龛里面真的还有神明，心愿情服的整天跪在那里忏悔了，那时我们去赏鉴这庙宇的宗教上乃至艺术上的价值，不知多有味道呢？这凝想我在逛妙峰山时也说过一回，有人笑我是凝想，我也自己知道是凝想，但这疑想竟有人拿来实现的，这便是瑞士的庙宇了。初看似乎是极难得的，转折一想也觉得平常。我们不是常常看见王宫博物馆吗？中国的“故宫博物院”便是这样布置的：什么都乃王宫之旧，只去掉了一个皇帝。政治上可以如此，宗教上安有不可如此的：什么都仍庙宇之旧，只去掉了一个神明。只是没有了神明以后，许多求神的人都不来了，所以空气便连带着干净。我在瑞士逛了许多这种没有神明的古庙，照故宫博物院的例也可以说是古庙博物院，我真是感着十分的满意。

下午去参观了国会及公园。在这样一个精美小巧的城市里，忽而上山，忽而下水，忽而过桥，一走便走遍了，我们自己都觉得好笑起来。本来担心着时间局促，等逛完回到车站，倒还宽裕了二十余分钟。

傍晚便回到圣祥哥尔夫。

八月十日——别矣丽芒

我们在日内瓦梧桐树下计算过的几处地方都逛完了，我们应该与丽芒分别了，但我们真是舍丽芒不掉。直到昨天晚上，我和三弟还发疯，两个人都说，“只要明天早上有阴雨，我们一定再住丽芒一日！”

今天一早便醒了，心上这样想，反正是阴雨，何不多睡一会儿呢？

然而，太阳从窗门上进来，催促着我们了。太阳！这是理智，这是决断，这是勇敢！它叫我们记得先前的计划，它叫我们实行梧桐树下的谈话，它叫我们觉悟别处的思念也许比朝暮的聚首更加美丽。

车站上的朋友，来替我们运行李的，已经到了门口。

贝格杭先生家送蜂蜜和点心来，这是丽芒的象征，以后凡遇到甜蜜的味道便会一度记得丽芒了吧。我们约定冬季再来，丽芒的雪景一定是比夏日更加美好的。

我们在六时半离开圣祥哥尔夫。但是我们又与仲鸣兄夫妇游爱维昂和多农，直到下午决定赴安纳西的时候，才真正与丽芒作别。